보트하우스

2021년 목포문학박람회 목포문학상 수상작
이숙종 장편소설

보트하우스

펴낸날 2021년 10월 7일

지은이 이숙종
펴낸이 이광호
주간 이근혜
편집 최지인 이민희 조은혜 박선우 방원경
펴낸곳 ㈜문학과지성사
등록번호 제1993-000098호
주소 04034 서울 마포구 잔다리로7길 18(서교동 377-20)
전화 02)338-7224
팩스 02)323-4180(편집) 02)338-7221(영업)
전자우편 moonji@moonji.com
홈페이지 www.moonji.com

ISBN 978-89-320-3910-7 03810

이 책은 2021년 목포문학박람회 목포문학상 장편소설
출판 업무 협약을 바탕으로 출간되었습니다.

2021년 목포문학박람회 목포문학상 수상작

보 트 하 우 스

이숙종 장편소설

문학과지성사

차 례

강가에 집이 있어. 사람들은 모여서 벽난로에 불을 지폈지. 그들은 활활 타는 불길이 꺼지면 2층 침실로 올라가서 잠을 잤어. 그리고 물이 나오는 꿈을 꾸었지. 간혹 환상으로 보는 사람도 있어. 아, 꿈에서 소리를 듣는 사람도 있었지. 바다도 나오고 강도 나오고 호수도 나왔어. 내용은 달랐지만 다 물이라는 공통분모가 있었지. 집이 너무 물에 가까워! 한밤중 꿈에서 깬 집주인은 어두운 창가에 서서 그렇게 중얼거렸어. 그 집이 강가에 바짝 붙은 건 사실이야. 강변의 다른 집들은 거의 강과 거리를 두고 자리를 잡았어. 정원이나 뜰이 먼저 강을 바라보고 있는 거지. 하지만 그 집은 아치형 문을 열고 보트를 나무 레일에 얹으면 바로 강으로 내려갔어. 그만큼 강과 붙었다는 말이야.

나무가 빽빽하게 들어선 숲을 향한 쪽은 아치형 회랑으로 나 있어. 그 집의 외관은 묘했어. 처음 방문자들이 차를 몰고 휘어진 길로 내려갈 때면 지형 때문에 아래를 내려다보게 돼. 강 쪽은 낮았으니까. 마치 드론이 하늘에서 보트하우스를 줌인하는 광경이야. 방문자들은 붉은 테라코타 기와를 얹은 지붕과 하얀 벽을 보고 곧 호기심을 갖게 되지. 이쪽 지방에서 흔한 집 모양은 아니니까. 서부의 따뜻한 지방으로 가면 야자수와 함께 볼 수 있는 집이야. 차에서 내린 사람은 곧 푸른색 아치형 현관문과 맞닥뜨리게 돼. 순간 끌림의 정점에 닿게 되지. 그 푸른색이 매우 묘했거든. 연하면서도 독특한 톤을 가지고 있는데 그 독특함을 말로 표현하는 건 어려워. 게다가 지붕 색깔과 어울릴 것 같지 않은 그 푸른색이 이상하게 잘 어울린다는 거야. 사람들은 왜 그런지 몇 가지의 이유를 들었어. 지붕이 붉은색이라도 약간 어두운 계열이라는 거, 다른 하나는 그 푸른색이 기와지붕의 붉은색과 상반돼 보이나 워낙 색과 톤이 독특해서 일반적인 기준을 넘어선다는 거, 또 하얀 벽이 그냥 흰색이 아니고 오프화이트이기 때문이라는 알쏭달쏭한 이야기를 했어.

하지만 푸른색 문을 열고 실내에 들어선 사람들은 온통 유리로 된 벽을 보고 살짝 실망감을 느끼게 돼. 외관의 모습과는 다른 분위기를 연출했으니까. 그러나 그 옅은 실망감은 강이 보이는 유리 벽 앞에 서는 순간 곧 사라지게 되지. 그들은 극장의 대형 스크린처럼 펼쳐지는 강과 건너편 숲과 왼쪽의 높고 긴 하얀 다리를 보면서 풍경의 파노라마를 보게 돼. 나란히 늘어선 2층의 침실도 통으로 층을 낸 거실을 건너 강을 바로 볼 수 있게 배치돼 있어. 침실의 창이 모두 강을 향했다는 거지. 복도의 저 끝은 베란다로 나가는 격자무늬 문이 있어. 그 베란다 아래는 보트를 넣어둔 곳이지. 대형 유리창 밖은 나무 데크가 있고 데크는 거의 강가에 닿아. 데크와 강이 만나는 곳엔 안전 때문에 몇 개의 쇠말뚝을 밧줄로 연결했어. 사람들은 그 집을 '보트하우스'라고 불렀어. 사실 그 집은 보트하우스라고 불리기엔 컸어. 하지만 그들은 상관하지 않았어.

그곳에 머문 사람들은 시도 때도 없이 벽난로에 마른 장작을 넣고 불을 지폈어. 사실 한여름을 제외하곤 집은 늘 서늘했고 늦가을부터는 거의 종일 장작을 때야 할 만큼 추웠어. 옛날 집주인은 겨울에는 보트하우스를 닫았지. 수도 파이프와 변기에 물을 빼고 가구엔 천을 씌웠어. 강이 녹고 연한 잎들이 올라오기 시작하면 그녀는 문을 열고 벽난로 아궁이에 장작부터 집어넣었어.

젊은 집주인은 불이 잘 붙는 이유가 쩍쩍 갈라지도록 잘 마른 장작뿐만 아니라 굴뚝이 잘 놓였기 때문이라고 했어. 그들은 넘실대는 불길이 춤을 출 땐 별 맥락도 없이 엄숙해졌지.

그렇다고 그들이 불을 숭배하는 배화교도 같았다는 건 아냐. 그들의 자세는 좀더 탐구적이었으니까. 그들은 벽난로의 장작불에서 가늠할 수 없는 태초를 불러냈지. 그저 타오르는 불만 존재했던 시간을 자꾸 불러냈어.

그들이 그렇게 장작불을 통해 불러온 시원은 그냥 세상의 처음이야. 시작 그 자체라는 말이지. 아직 아무것도 그려져 있지 않은 공간에서 모든 것이 불타기 시작했던 그 시간 말이야. 세상이란 뜻도 없었고 뜨거운 태양만 있었을 때 이야기야. 태양계에 암석과 먼지가 날아다녔어. 큰 암석이 셀 수도 없는 긴 시간 동안 탔어. 그 셀 수도 없는 긴 시간 동안 계속 유성이 떨어졌기 때문이야. 그리고 비슷한 크기의 암석이 아주 빠른 속도로 다가왔어. 두 개의 암석이 충돌할 수밖에 없었지. 충돌한 두 암석은 표면이 액체가 되도록 탔어. 충돌한 암석이 충돌된 암석 안에 그대로 있다는 학자도 있어. 맞는 것 같기도 해. 지금도 안에서 타고 있어서 그 폭발력으로 지구 표면을 뚫고 나오는 건 아닐까. 하여튼 두 개의 암석은 온몸을 끌어안고 셀 수도 없는 시간 동안 타고 또 탔어. 빠른 속도로 다가와 충돌한 암석은 테이아, 충돌당한 암석은 초기 지구인 가이아야. 그렇게 타면서 셀 수도 없는 시간이 흐르고 또 흘렀어. 타는 동안 긴장감은 최대로 상승했을 거야. 마치 팽팽해진 풍선처럼 더는 그 상태를 유지할 수 없는 꽉 찬 상태가 된 거지. 오랜 시간 동안 타던 그 행성이 이제 팽팽한 긴장감을 빼야 했어. 휴식이 필요했던 거야. 액체가 되도록 타던 행성의 표면이 식기 시작했어.

벽난로 안이 시뻘겋게 타는 동안 그 앞에 차례로 머물렀던 사람들도 마찬가지야. 소파에 앉아서 지켜봐도 되는데 꼭 어두운 녹색의 벨벳 스툴을 불 앞에 가져다 놓고 거기에 앉아서 불타는 아궁이를 지켜봤어. 낮고 둥그런 스툴은 타는 불을 지켜보기에 안성맞춤이었지. 불타는 장작 앞에 머물며 그 태초의 시간과 만난 사람들도 불타는 행성처럼 긴장감을 배설해야 할 필요가 있었나 봐. 수억만 년을 그렇게 타던 행성이 식기 시작했고 또 셀 수 없는 시간을 지나면서 물이 생긴 것처럼, 불을 피워서 그 거대한 불을 만난 사람들도 각자의 침대에서 물 꿈을 꿨어. 정말 원주민의 믿음처럼 물은 모든 걸 듣고 기억할까. 진정 유전자는 트라우마까지 포함할까. 그 꿈속에 유전자의 공유인지 물의 기억인지 가늠하기 힘든 것들이 들어 있었어.

그들은 물 꿈을 꾸고 일어난 아침에도 창가에서 강을 보거나 높고 긴 다리가 보이는 유리창 앞에서 아침을 먹었지. 간혹 강에 싫증이 나면 부드러운 아침 햇살과 순한 그늘이 돌바닥에 엇갈리며 드리우는 회랑을 걸었어. 어쩌다 회랑 한쪽에 놓인 테이블과 의자에 앉아서 깊은 숲을 보면서 아침을 먹기도 했어. 물론 날씨가 좋은 날이어야 할 거야. 하지만 그들은 곧 강으로 돌아갔어. 마치 고향으로 가듯 다시 창 앞에서 강물을 쳐다봤어. 그리고 화창한 날엔 넘실대는 강에 하얀 보트를 띄웠지.

세 사람

계단은 허공에 매달려 있다. 나선형이다. 방향이 두 번이나 꺾였다. 발판만 있는 나무 계단은 철제 줄에 의지해 버티고 있다. 방향을 두 번이나 틀어도 계단이 주는 위화감은 줄어들지 않는다. 그 계단 꼭대기에 작은 여자아이가 나타난다. 잠에서 깬 모습 그대로다. 빨간 목도리를 두른 하얀 곰 무늬의 파자마를 입고 있다. 아이가 들고 있는 빨간 스웨터가 바닥에 질질 끌린다. 머리카락은 고개를 숙일 때마다 자꾸 앞으로 쏟아진다.

아이는 계단을 내려오려고 한다. 완만하게 방향을 틀었지만, 계단은 여전히 가파르다. 높이 때문이다. 아이는 발을 떼기 전에 얼굴로 쏟아지는 머리를 작은 손으로 쓸어 넘긴다. 스웨터를 잠옷 위에 입는다. 털 달린 슬리퍼는 벗어서 한 손에 들고 있다. 계단 앞에 선 아이의 조그만 맨발이 보인다. 발이 시릴 텐데…… 주방에 있던 여자는 하던 일을 멈춘다.

계단의 발판은 양옆과 뒤가 허공이다. 여자는 아이의 작은 발이 빠지기라도 할까 봐 조마조마하다. 잠도 덜 깬 거 같은데. 여자의 얼굴은 긴장으로 한껏 굳어 도마 위에 칼을 쥔 채 아이를 본다. 도마 위에 껍질이 벗겨진 주황색 고구마 두 개가 놓였고 도마 아래는 아보카도가 있다. 아이는 한 손으로 난간을 잡고 내려오다 머리칼이 얼굴로 쏟아져 멈춰 선다. 난간에서 손을 떼고 머리칼을 쓸어 올린 다음 다시 난간을 잡고 내려온다.

현관문이 열린다. 남자가 장작을 가득 담은 양철통을 들고 온다. 여자는 그 순간에도 그가 왜 밖에서 현관문을 열고 들어오는지 궁금하다. 장갑을 벗던 그가 계단을 내려오는 아이를 본다. 그는 긴 다리로 한 번에 두어 개의 계단을 올라간다. 자신을 보고 멈춰 선 아이를 한쪽 팔로 안는다. 굿 모닝, 미스터 캠벨! 남자의 옆구리에 장난감처럼 매달린 아이가 인사한다. 남자는 아이의 얼굴을 보며 미소 짓는다. 아이는 즐거운 듯 무겁지 않냐고 묻는다. 남자는 전혀! 하고 대답한다. 물구나무를 선 것처럼 아이의 긴 머리는 바닥을 향해 쏟아진다. 남자는 아이의 까만 머리를 신기한 듯 바라본다. 웃느라 반달이 된 아이의 검은 눈에도 시선을 떼지 못한다. 여자는 그제야 하던 일로 돌아간다.

"이 강을 마히캔턱이라 부르는 사람들이 있었어."

창가에 서서 남자가 말한다.

"마. 히. 캔. 턱."

남자와 나란히 선 아이는 둔탁한 발음을 따라 해본다. 아이의 발음은 발음과 발음 사이의 꺾임을 유연하게 따라가지 못하고 한 자씩 딱딱 끊긴다. 그가 잘했다는 듯 커다란 손으로 아이의 머리를 쓰다듬어준다. 아이가 조그만 손으로 남자의 스웨터를 잡는다. 남자가 자신의 스웨터를 쥐고 있는 아이의 손을 잡는다.

햇빛은 강에 깔린 얼음 위에서 쪼개지며 사방으로 튕겨 나간다. 강에 뜬 얼음 위에서 튕겨 나온 햇살이 창가로 진입한다. 급기야 안으로 들어온 따스한 빛이 아이와 그의 손을 흠뻑 적신다. 빛은 흡사 레몬 과즙처럼 집 안으로 흘러든다. 창가에 손을 잡고 선 두 사람은 점점 빛으로 들어가는 것 같다. 따뜻해지면 다시 와서 그들처럼 카누를 타자. 남자가 낮은 목소리로 말한다.

카누는 언제 탈 수 있어요? 아이가 묻는다. 아이는 그들이 누구냐고 묻지 않는다. 그건 엄마와 떨어져 살던 어린아이가 자연스럽게 체득한 어떤 것일지도 모른다. 아이는 그들처럼이라고 말하는 그의 습기 찬 목소리를 알아차렸을까? 물론 그들은 이 강을 마히캔턱이라 부르는 사람들이겠지만, 영리한 아이는 굳이 누군지 묻지 않는다. 타고난 것인지 환경 탓인지 그때그때 자신이 발을 넣지 않아야 할 부분을 잘 안다. 언 강만 녹으면. 삼월쯤, 아니 사월이면 될까. 오월이면 더 좋고. 그의 대답은 종종 아이를 갸우뚱하게 한다. 그는 아이들과 대화하는 법을 잘 모른다. 어른에게 하는 화법이나 아이들에게 하는 말이 다르지 않기 때문이다. 가을에 강가의 숲이 황금색과 붉은색으로 물들 때도 아름답지. 그가 꿈꾸는 듯한 목소리로 말한다. 많이 타봤어요? 응. 여러 번. 아니 많이, 아주 많이. 혼자 탔어요? 아니, 엄마하고. 지금은 여기 없어. 저기 하늘에…… 아이는 미안하다고 말해야 한다고 생각한다. 학교의 아이들은 이런 일에는 미안하다고 말했다. 처음에 아주 이상하게 들렸다. 도대체 왜 미안하다는 건지 이해가 잘 되지 않았다. 아이는 이 말을 그에게 해보려는데 주방에서 남자를 부르는 여자의 목소리가 들린다. 그녀의 목소리는 평상시 같지 않다. 조금은 들뜨고 한편으론 그 들뜸을 본인이 알고 있는 듯 수줍음이 묻어난다. 창가를 떠나 주방으로 가는 미스터 캠벨을 보면서 아이는 좋은 기회를 놓쳤다고 생각한다. 아이는 그렇게 그에게 미안하단 말을 하지 못한 것이 못내 아쉽다.

남자가 주방으로 간다. 주방에서 그가 끓인 수프의 상태를 본다. 끓기 시작한 수프를 주걱으로 젓는다. 이미 주걱에는 수프를 저은 흔적이 있다. 여자가 저었을 것이다. 뚜껑을 덮고 불을 줄이고 그는 다시 창가로 온다. 마치 햇빛을 놓치면 안 되는 사람처럼 그는 창가의 햇빛 속에 몸을 담근다.

얼음이 강 표면을 덮고 있는 풍경. 그 가운데 얼음을 헤치고 배 한 척이 올라온다.

"아, 배다!"

아이가 소리 지른다.

"엄마, 배야!"

흥분한 아이가 다시 큰 소리로 말한다.

"강이 얼었는데 무슨 배?"

여자가 말한다.

"쇄빙선이야. 얼음을 깨야 수송선이 다니지. 성조기를 단 거 보니 연안 경비대 소속인가 봐."

남자가 언 강에서 시선을 떼지 않고 말한다.

"너무 추워서 강 가운데까지 다 언 모양이네. 그래도 오늘부터 풀린다고 하지 않았나?"

여자가 주방에서 말한다.

"그래도 언 강을 녹이기엔 역부족이지."

남자가 고개도 돌리지 않은 채 대답한다.

"케메! 수프가 다 된 거 같아. 연지야, 베이컨 다 구웠어."

여자는 식당으로 아이와 남자를 부른다. 그들은 늦게 일어났기 때문에 아침이 늦다. 브런치다. 그들 셋은 햇빛이 오래 머무는 코너의 유리창 앞 식탁에 앉는다. 따뜻한 햇볕 속으로 음식 냄새가 피어난다. 남자가 끓인 수프에서는 녹색 브로콜리와 핑크색 작은 햄 조각 사이로 우유와 버터 냄새가 나고 여자가 구운 베이컨은 촉촉하면서도 알맞게 바삭거린다. 코코넛오일에 구운 식빵 사이에서 병아리색의 치즈가 흘러내린다. 그와 그녀는 막 후드득 소리를 내며 내려진 커피를 마신다. 그는 커피에 아무것도 넣지 않았고 그녀는 크림만 넣었다. 우유 데워줄까. 그가 아이에게 묻는다. 아이는 찬 게 좋다고 대답한다. 여자가 일어나 앞으로 쏟아지는 아이의 머리를 묶어준다.

"애들은 생각보다 열이 많은 거 같아. 하루는 연지가 학교에 다녀와선 화장실 세면대에 올라가서 앉아 있더라고. 찬물을 받아서 발을 담그고 있는 거야. 왜 그러냐고 물으니 발이 뜨겁대."

"온종일 신을 신고 있으니까……"

남자는 아이를 보면서 말한다.

"참, 아까 왜 밖에서 들어와? 장작 가지러 갔을 때 말이야. 여기 안으로 들어오면 금방인데."

"응, 집 주위 좀 둘러보느라고…… 여기 오면 습관처럼 하는 거야. 집이란 늘 안팎으로 고치고 살아야 하니까 자주 눈여

겨봐야 해서. 아예 망가진 다음에 부랴부랴 허둥대며 고치는 것보다 낫지. 집도 덜 망가지고. 참, 밖에 햇볕이 한껏 비추는데 바람도 세고 무지무지하게 추워."

"연지 태어난 날 같은 모양이네."

"연지가 이런 날 태어났구나!"

그가 연지를 보며 말한다.

"양주 할머니가 나 낳을 때 아빠는 없었대."

"그래."

"연지 아빤 어떻게 돌아가신 거야?"

"사고로……"

여자는 말을 끊는다.

"할머니가 아빠가 물에 빠졌다고 했어."

"그래. 알아. 얼른 먹어."

"내가 태어나기 전이라고 그랬다니까, 할머니가……"

"맞아, 맞는다니까. 자, 이거 먹어봐."

여자는 꿀을 넣고 계핏가루를 살짝 뿌려 으깬 주황색 고구마를 아이의 입에 넣어준다.

"맛있지?"

아이는 고개를 끄덕인다.

"골고루 먹어야지."

여자는 접시 위에 그대로 있는 아보카도를 아이 입에 넣어주면서 말한다.

남자는 여자에게 무슨 말을 하려다 그만둔다. 대신에 그는 아이에게 제안한다.

“우리 식사 다 끝나면 산에 가자.”

“이렇게 추운데 무슨 산이야.”

여자가 말했지만 남자는 다시 아이에게 말한다.

“그 새가 있는지 보러 가자.”

“무슨 새요?”

아이가 묻는다.

“가서 알려줄게.”

남자가 웃는 얼굴로 대답한다.

여자와 남자는 테이블에서 계속 이야기를 나눈다. 아이는 이제 어른들의 이야기를 잘 알아들을 수 없어서 그의 단정한 얼굴과 단단한 어깨 뒤로 강에 높게 걸린 하얀색의 긴 다리를 쳐다본다. 가끔 남자와 여자는 소리 내서 웃기도 한다. 여자의 얼굴은 더운 음식 때문만은 아닌 듯 홍조를 띠고 목소리는 수줍은 듯 달콤하다. 아이는 이제 엄마가 아빠를 잊은 모양이라고 생각한다. 이제 다 잊어버릴지도 모른다고…… 아이는 침대 옆에 놓인 사진 속 아빠를 생각한다. 아빠가 안됐다는 생각이 들지만, 아이도 여자처럼 그를 보고 미소 짓는다. 아이도 그가 좋다.

캠벨 아저씨의 차는 엄마와 나를 태우고 긴 다리로 들어섰어. 낮에는 그저 하얗고 긴 다리지만 밤이 되면 불빛으로 빛났어. 그 불빛은 강물 위로 떨어져 일렁이는 검은 물 위에 황금색의 낙인을 찍었지. 다리를 버티게 하는 두 개의 크고 높은 주탑은 마치 개선문처럼 생겼고 어두워지면 푸른빛을 머금은 하얀색 빛을 발했어. 보트하우스의 창에서 강 건너편은 그냥 키가 크고 헐벗은 나무들이 있는 숲으로 보였어. 아마 건너편에서 우리가 머무는 보트하우스 쪽을 봐도 마찬가지였을 거야. 캠벨 아저씨는 말이 없었고 엄마는 그가 우리를 어디로 데려가는지 묻지 않았어. 엄마도 나처럼 그가 새를 보러 가자고 했으니 그곳으로 가는 거라고 생각했을 거야. 뒤에 앉은 나도 차창만 봤어.

식탁에 앉으면 보이는 그 하얀 다리 맞아. 그가 우리에게 말했어. 그래? 엄마는 마치 몰랐던 것처럼 말했지만, 나도 아는 걸 엄마가 모를 리가 없지. 아마도 엄마는 대화의 보조를 맞추고 싶었을 거야. 그렇게 차 안의 고요함이 깨지고 처음으로 대화가 시작됐어. 우리 셋은 말이 별로 없는 편이라 대체로 조용했고 거의 어린 나를 중심으로 대화가 이어지는 편이었어.

나는 우리가 브런치를 먹던 그의 집을 찾았어. 높은 다리 아래로 보트하우스를 봤어. 붉은 기와지붕이 보였어. 벽은 하얀색이었고 창문 옆 아치 모양의 나무문도 보였어. 하얀 보트를 넣어놓는 곳이야. 그가 처음 장작을 가지러 갈 때 나와 엄마를 데리고 갔어. 아마 보트를 보여주고 싶었던 것 같아. 하얀 보트는 천으로 만든 덮개를 덮고 있었어. 굳이 덮개를 벗겨내지 않아도 배가 제법 크다는 걸 알 수 있었어. 작은 아이였으니 당연히 더 커 보였을 거야. 캠벨 아저씨의 보트하우스는 점점 작아지더니 차창에서 사라졌어. 창문에 매달려서 밖을 보던 나는 집이 사라지자 자리에 앉았어.

우리는 강 건너편 산으로 갔어. 하얗고 긴 다리를 건너자 우리가 떠나온 쪽과 닮은 풍경이 나타났어. 한겨울 산은 헐벗었고 눈이 쌓였어. 여름 내내 무성한 잎 사이에 숨었던 집들이 미처 방어하지 못한 채 온몸을 드러냈어. 차가 구불거리는 길을 올라가는 동안 지나가는 차는 없었어. 그는 차를 산 정상에 가까운 주차장에 세웠고 엄마는 내 얼굴에 머플러를 둘렀어. 그리고 장갑을 끼워줬어. 30분쯤 더 올라가자 산 정상이 나왔지. 얼마나 추운지 정상에 닿기도 전에 우리 모두 언 것 같았어. 돌로 지은 전망대 같은 건물이 있었지만, 그는 우리를 데리고 반대쪽으로 갔어. 발아래로 광활한 숲이 펼쳐졌어. 그곳은 절벽이지만 중간이 파였기 때문에 발밑은 앞으로 툭 튀어나와서 마치 하늘에 떠서 아래를 내려다보는 것 같았어.

경계가 보이지 않는 대지의 나무들은 잎을 모두 떨구고 겨울을 견디고 있었어. 눈 속 헐벗은 나무들 사이에 더는 숨을 데가 없는 집들이 보였지. 보트하우스도 높은 데서 보면 똑같을 거야. 나뭇잎이 무성한 여름에 오면 장관을 볼 수 있는데. 바람이 불면, 숲이 춤을 추거든. 그가 아쉬운 듯 말했어. 또 오면 되지. 엄마의 말에 그가 그렇지 하고 말했어.

햇볕은 그런대로 가득 펼쳐졌으나 추위가 너무 맹렬해 힘을 못 쓰고 있었어. 그는 자꾸 하늘을 봤어. 그리고 휘파람을 불었어. 산은 정말 추웠고 그는 내 털모자를 다시 씌워주고 머플러를 다시 여몄어. 그 위로 지퍼를 끝까지 올린 다음 잠바에 달린 모자를 덧씌워 벗겨지지 않도록 끈을 잡아당겼어. 나는 두 눈만 보였을 거야. 그가 내 눈을 바라봤어. 마치 내 눈에서 뭔가 찾는 사람처럼 나의 눈을 조용히 들여다보는 거야. 나도 그의 눈을 들여다봤지. 그의 눈은 어두운색이야. 그렇다고 그의 눈이 엄마나 나의 눈처럼 생겼다는 건 아니야. 그의 눈은 그냥 그의 눈이었어. 그 누구도 가지고 있지 않은 그런 눈 말이야.

저 멀리 커다란 갈색의 새가 떴어. 그의 얼굴에 엷은 미소가 떠올랐다고 생각했지만, 사실인지는 알 수 없어. 우리 모두 눈만 내놓고 있었기 때문이야. 더구나 그는 선글라스를 다시 쓰고 있었어. 황금색 테에 안경알 구석에 황금색 글씨가 씌어져 있었지. 안경알은 투명한 회색이지만, 그렇다고 그의 눈이 보이는 건 아니었어. 그는 내 손을 잡고 새가 가까이 오기를 기다렸어. 그에게 물어보지 않았지만, 그는 꼭 저 새를 우리에게 보여주고 싶은 거 같았어. 크고 어두운 갈색의 새는 우리의 시야에서 일정한 거리를 유지한 채 멀리 지나갈 뿐 가까이 오지 않았어. 새는 커다란 두 날개를 평형으로 펴고 유유히 날아갔어. 새가 지나갈 때 나는 그림책에서 저 새를 본 것 같은 기억이 났지만, 이름은 생각나지 않았어. 그래서 집에 가면 도서관에 가서 다시 찾아봐야겠다고 생각했어. 새의 날개는 넓고 둥글고 길었으며 삼각으로 펴진 커다란 꼬리는 어두운 다홍색이었어. 새가 가까이 오지 않고 멀리서 날아 왼쪽으로 사라졌어. 캠벨 아저씨가 왼편을 가리키면서 남쪽이라고 했어.

새들도 추워서 남하했을 텐데, 그 새는 어째서 여기 남아 있던 걸까? 무리를 잃어버린 걸까! 아예 무리에 끼지 못한 것일까! 나는 어린 마음에 그 새가 홀로 남겨진 것 같아서 불쌍했어. 미스터 캠벨, 저 새는 가족이 없나 봐요? 음, 아마 풀타임 철새가 아닐 수도 있어. 파트타임으로 이동을 하는 새가 있다고 들은 적이 있는데. 아저씨는 약간 자신 없는 듯 대답했어. 그리고 집에 가서 저 새에 대해서 찾아보자고 말했어.

기온이 급격히 떨어져서 우리는 급히 내려가야 했어. 주차된 곳까지 내려가는 데 20분쯤 걸렸을까. 차에 올랐을 때 우리는 모두 덜덜 떨었고, 캠벨 아저씨는 급하게 시동을 걸고 히터를 켰으며 엄마는 보온병에서 뜨거운 것을 따라주었어. 향아, 무슨 차야. 아저씨가 엄마에게 물었어. 엄마는 그에게 솔잎차라고 가르쳐주었어. 한국에는 소나무가 많고 추석에 송편을 찔 때 솔잎을 켜켜이 얹는 것도 설명해주었어. 그는 차를 마시지 않고 향을 자꾸 맡았어. 그리고 거듭 향이 좋다고 말했어. 솔잎 냄새가 차 안에 가득 퍼졌어.

산에서 오는 길에 그가 어떤 집 앞에 차를 대고 그 집을 바라봤어. 짧은 겨울 해가 막 지기 전이었어. 집은 멀리서 봐도 아주 컸어. 대문에서 드라이브 길로 차를 몰고 한참 들어가야 하는 그런 집이었어. 집이 멀어서 세세하게 보이지는 않았어. 그런데 캠벨 아저씨는 사이드미러로 보았나 봐. 아마 운전석 반대쪽에 앉은 엄마도 나처럼 못 보았을 거야. 곧 모자를 쓴 젊은 보안관이 운전석 차창에 나타났어. 우리는 다 긴장했을 거야. 캠벨 아저씨가 창문을 내렸어. 그가 뭐라고 물었는데 난 그 이상하게 흘러내리는 발음을 잘 알아들을 수 없었어. 아저씨가 지갑에서 운전면허증을 꺼내 그에게 주었어. 어릴 때 살던 집이라며 곧 갈 거라고 말했어. 조금 어둑했기 때문인지 그가 면허증에 플래시를 댔어. 캠벨 아저씨의 면허증을 읽던 그는 갑자기 흥분한 목소리로 물었어. 필립! 나 티머시, 티머시 쿠퍼야, 이 집에 살던 필립 맞지? 그가 차에서 내렸어. 둘은 차 밖에서 한참 이야기했어. 드디어 명함을 교환했어. 서로 끌어안고 상대방의 등을 툭툭 쳤어. 그가 다시 차에 탔어! 보안관 쿠퍼는 내려진 차창으로 엄마와 인사를 나눴고 뒤에 앉은 내게도 인사했어. 그는 차를 돌려 왔던 길을 천천히 되돌아 나갔어. 주위가 깜깜해지기 시작했어.

아저씨 이름이 필립인데 엄마는 왜 케메라고 불러? 내가 엄마에게 물었어. 둘 다 내 이름이야. 아저씨가 웃으면서 대답했어. 케메는 우리 엄마가 중간 이름으로 넣은 이름인데, 천둥이란 뜻이지. 케메는 영국식 발음인데 엄마가 이게 더 좋은지 케메라고 불렀어. 캠벨 아저씨는 자신을 케메라고 부른 사람은 자기 엄마와 연지 엄마 두 사람뿐이라고 덧붙였어. 어쨌든 그가 엄마를 연지 엄마라고 불러서 나는 기분이 좋았어.

어두운 길을 따라 강가의 한 식당에 갔어. 어두운 길 끝에 고급 식당이 있었어. 화려하지 않았지만 기품이 있는 백인들이 차에서 내렸어. 그가 예약하지 않았다며 카운터에 있는 여자들과 이야기를 나눴어. 긴 카운터에 세 명의 젊은 여자들이 일을 보고 있었어. 나는 머리색이 밝고 피부가 흰 여자들이 엄마와 나를 힐끔힐끔 곁눈으로 본다는 걸 알았어. 카운터의 여자들은 다른 손님을 대할 때는 꽃처럼 피어났어. 그 손님들은 자주 이 식당에 다녀가는 사람인지도 모르지만 카운터의 세 여자가 하는 건 학교에 어떤 선생이나 직원 들이 하는 것과도 비슷했어. 캠벨 아저씨의 머리 색깔도 그들 못지않게 밝았지만 동행한 엄마와 나 때문이었을까, 아니면 얼핏 보면 엄마와 내 눈 비슷하게 생긴 그의 눈 때문이었을까. 친절 속에 담긴 저 흠잡을 수 없는 차별을 그는 모르는 것 같았어. 그에게 차별이란 개념이 존재하지 않는다는 거지. 결국 애매하게 대답했던 그들이 우리를 창가 테이블로 안내했어.

나는 그가 대단해 보였어. 나도 학교에 가면 저런 은근한 차별을 느꼈기 때문이야. 무언가 끄집어내서 불평할 수 없는 그런 종류의 것들 말이지. 기분 나빠도 참을 수밖에 없는 것 있잖아. 나도 앞으로는 캠벨 아저씨처럼 행동해야겠다고 생각하면서 그를 쳐다봤어. 그는 내 눈에서 뭘 찾는 듯 탐색하지만, 나는 그의 눈을 보면 혼란에 빠지곤 했어. 방향을 잃어버리고 아득하게 떨어지는 느낌이 들었어. 왜 그런지 모르겠어. 하지만 다른 사람도 그렇게 느꼈는지는 알 수 없어. 언제 엄마에게 한번 물어봐야겠다고 생각했지만 물어보지 못했어.

우리는 창가에 앉아 식사를 기다렸어. 어두운 강물 위에 식당 불빛이 어른거렸어. 웨이터가 와서 캠벨 아저씨에게 귓속말을 했어. 아저씨가 일어나더니 웨이터를 따라갔어. 한 테이블로 가더니 사람들과 포옹을 하고 인사를 나눴어. 그들은 고개를 돌려 엄마와 나를 봤어. 눈이 마주치자 가벼운 인사를 했어. 엄마도 가볍게 인사를 했어. 캠벨 아저씨가 돌아왔어.

아는 분들. 그는 별일 아니라는 듯 그냥 짧게 말했어.

그는 돌아오는 길에 자동차 핸들을 손으로 두드리며 낮은 소리로 노래를 불렀어. 영어 노래는 아니었어. 처음 들었지만, 낯선 것은 아니야. 비슷한 음률이 반복됐기 때문일 거야. 음률은 더없이 편안했어. 그렇다고 지루한 건 아니야. 무슨 자장가 같기도 했어. 엄마도 나도 듣기만 했지. 그곳은 우리가 잘 모르는 아저씨의 영역 같았기 때문이었어. 엄마도 나처럼 들어가지 않는 게 낫다고 생각했을까! 그의 바로 옆에 앉은 엄마도 그에게 아무것도 묻지 않았어. 우린 그를 방해하지 않고 그냥 노래를 들었지. 더구나 그의 노래는 그냥 허밍 같아서 서로 부담이 없었어.

하지만 곧 상황이 달라지기 시작했어. 처음의 편안함이 사라지고 듣기를 강요받는 불편함으로 바뀌기 시작했어. 그렇게 된 건 좁은 공간 때문일 거야. 밖은 깜깜했고 겨우 헤드라이트에 의지한 채 달리는 차의 좁고 어두운 공간, 운전대 앞 계기판의 바늘만 붉은색으로 빛났지. 점점 허밍이 크게 들리기 시작했어. 갈수록 듣는 자에게 높은 몰입을 요구하는 것 같았어. 난 인내심을 발휘했지. 그 좁은 공간을 채우면서 밀착하는 음률과 리듬을 그저 듣고 있었던 거야. 노래는 우리나라 말로 표기하면 거의 모음으로 이루어졌어. 에 어 하, 뭐 이런 소리의 집합체야. 그런데 그 단순한 노래가 단순하게 들리지 않는 거야. 마치 노래가 현실을 뭉개는 것 같았어. 불안했지. 그 노래가 엄마와 나를 자꾸 낯선 곳으로 데려갔어. 불안해진 나는 내 작은 가방을 열고 늘 가지고 다니는 디즈니 장난감 강아지 플루토의 부드러운 머리를 만졌어. 엄마가 보낸 그 강아지 플루토는 나와 함께 자랐고 나와 함께 비행기를 타고 다시 미국으로 왔어. 이제는 털이 다 없어질 정도로 머리가 만질만질한 플루토. 나는 플루토의 머리를 만지며 그의 노래를 자꾸 밀어냈어. 핸들을 살짝살짝 두드리면서 박자를 맞추는 그는 마치 다른 시간대에 있는 사람 같았어. 슬프기도 하고 달콤하기도 한 소리가 좁은 공간을 휘돌았어. 차는 보트하우스를 향해 어두운 길을 달렸어.

보트하우스. 남자는 잠에서 깬 그대로 침대에 누워 있다. 어둠 속에서 눈을 감은 채 방금 들은 소리를 다시 붙잡으려고 애쓴다. 얼마간 눈을 감고 있던 그는 시계를 본다. 디지털시계는 3시라고 알려준다. 손을 뻗어 탁자 위의 등을 켠다. 그의 눈은 침실 창문을 뚫고 통으로 층을 낸 거실을 지나쳐 유리창에 그대로 가서 꽂힌다. 밖은 그저 어둠이다. 다시 눈을 감고 잠을 불러본다. 감은 눈꺼풀 속만 어지럽다. 일어나 방문을 나선 그는 복도를 지나 베란다로 나가는 유리문의 커튼을 들춰본다. 베란다도 어둠이다. 지향과 연지가 자는 침실 앞을 발소리를 죽이며 지난다. 방문은 살짝 열려 있지만, 실내는 보이지 않는다. 그는 아래층으로 내려간다. 밤새 켜놓은 주방의 조명등이 아래층을 비춘다. 그는 벽난로에 불을 피운다. 곧 찬기가 없어질 것이다. 그는 주방으로 가서 우유를 데운다. 우유를 데우는 일은 불 피우는 일처럼 몰입하고 긴장할 필요는 없지만, 너무 뜨겁지 않게 적당한 때에 멈춰야 하니 늘 새로운 일을 하듯 신경을 써야 한다.

남자는 따뜻한 우유를 담은 머그잔을 두 손으로 쥐고 창가에 선다. 데운 우유를 한 모금 마신 다음 습관처럼 왼편으로 고개를 돌린다. 아름다운 불빛을 흘리는 다리가 어둠 속에 있다. 남자는 우유를 다 마실 동안 불빛이 영롱한 다리와 강물을 바라본다.

예민해서 잠자리가 바뀌면 선잠을 자는 여자는 달그락거리는 소리에 잠에서 깬다. 눈을 감은 채 귀를 연다. 무슨 냄새지. 여자는 자리에서 일어난다. 자는 아이에게 이불을 여며준 다음 스웨터를 걸치고 방을 나간다. 옆방은 방문이 열려 있다. 주방의 조명등이 켜진 아래층이 좀더 밝아졌다. 케메! 계단을 반쯤 내려간 여자가 최대한 목소리를 낮춰 남자를 부른다. 여기! 남자의 대답이 올라온다.

벽난로가 온통 벌겋다. 또 불 피워? 추워서! 왜 깬 거야? 꿈을 꿨어. 얼른 올라가! 잠 다 깼어. 그럼 우유 데워줄까. 여자가 고개를 끄덕이자 그가 주방으로 간다. 여자는 소파에 앉아서 벽난로의 아궁이를 본다.

이리 와! 마시던 우유 컵을 내려놓고 여자가 남자를 부른다. 잠깐만! 뒤도 돌아보지 않은 채 남자가 대답한다. 장작을 몇 개 더 집어넣은 남자는 불이 잘 붙게 하려고 이리저리 장작의 위치를 바꿔놓는다. 다시 불꽃이 타닥타닥 소리를 내며 튀어 오른다. 소파에 걸쳐 있던 담요를 목까지 두르고 앉은 여자는 고개를 돌려 어둠 속에 잠긴 곳을 본다. 이 집은 아늑함이 없어. 주방과 거실이 분리되는 게 더 좋았을걸. 오른편 계단을 몇 개 내려가면 숲을 향해 창이 난 패밀리룸이 있어. 그곳이 더 아늑해 보여. 왜 남자는 그곳을 잘 사용하지 않을까. 강이 보이지 않아서? 그녀는 다시 천장을 쳐다본다. 높은 천장도 어둡다. 하얀 크리스털 샹들리에의 무게가 만만치 않아 보인다. 집은 거실만 1, 2층이 통으로 나 있다. 주방에 켜진 조명등은 희미하고 다른 곳은 어둠이다.

여자는 우유를 마시며 남자의 뒷모습에 눈길을 준다. 여자의 눈길이 그의 목덜미에서 멈춘다. 강건하면서도 적당하게 빠진 목, 살짝 컬이 생기는 밝은색의 머리칼이 목덜미 위에 드리웠다. 우아하다. 여자는 그의 목덜미를 만지고 싶은 충동을 느낀다. 남자가 고개를 돌린다. 붉은 불길과 어둠의 음영이 그의 얼굴에서 춤을 춘다. 그는 장갑을 벗고 1인용 안락의자에 홀로 앉는다.

아직도 데운 우유가 담긴 머그잔을 들고 있는 그녀는 그에게 옆에 와서 앉으라고 손짓을 한다. 남자가 조금은 수줍은 얼굴로 여자 옆으로 온다. 여자는 그의 머리를 손으로 빗겨준 다음 목덜미를 어루만진다.

"난, 당신의 여기가 제일 아름다워."

남자는 침묵이다. 머쓱한 모양이다.

"섹시하다는 표현은 적당하지 않지만 다른 표현이 생각나지 않아. 문제는 섹시하다고 표현하면 그 아름다움이 망가지는 거 같아서 싫고. 그것과는 좀 차원이 다른 아름다움 같은데……"

"에스테틱?"

"음, 맞아. 좀더 심미적인 아름다움. 아름다움의 미학. 아름다움의 예술성, 아름다움의 감각성. 문제는, 그렇다고 섹시하다는 느낌이 전혀 없는 건 또 아니라서…… 매우 애매해. 섹시하다고 말하면 아름답다는 게 망가지는 것 같고."

남자는 여자의 무릎을 베고 길게 눕는다. 여자가 소파 가장자리로 자리를 옮긴다. 그의 구부린 다리가 펴진다.

"무슨 꿈을 꿨어?"

여자가 묻는다.

"꿈인지 아닌지 잘 모르겠어. 소리가 들렸어."

"소리? 무슨 소리?"

"어렸을 때 엄마가 여기 데려왔을 때도 그랬어. 그래서 난 여기 오는 거 좋아하지 않았지. 조금 무서웠어. 그 후에 그러다 말다 그랬는데 오늘 또 그러네."

"구체적으로 말해봐."

남자는 생각하는 듯 두 손으로 얼굴을 문지른다.

"정확하게 전달할 수도 없을 것 같아. 사실 꿈이 구체적이라는 게 더 이상한 거 아냐? 뭐 그냥 느낌 같은 거라…… 다른 사람한테 전달한다는 게 어려워."

"정확하게 전달하려는 게 오히려 정확한 걸 방해할 수도 있지. 그냥 편하게 느끼는 대로 말해."

그는 망설인다. 아니면 어떻게 말해야 할지 고민하는지도 모른다.

"보이는 건 아냐. 노 젓는 소리 같은 낮은 물소리가 들려. 나직하고 조용하게. 그리고 배에서 내리는 소리. 발소리를 죽이며 여럿이 걷는 소리. 알아들을 수 없는 투박한 언어로 나누는 나직한 대화…… 뭐 그런 거."

"언어는?"

"전혀 모르는 말이야…… 그래서 어떤 대화를 하는지 알 수 없어. 하지만 어디로 급하게 가야 한다는 생각은 들어."

"도망가는 건가?"

"그런 것 같지? 또 공격하기 위해 매복하러 간다는 생각이 들기도 해."

"여기가 물가라 물에 관한 꿈을 꾸는 걸까?"

"아, 잘 모르겠어."

남자는 한숨을 쉰다.

"그런데 물속 무덤이 뭐야? 그 이야기나 좀 들려줘."

"물속 무덤?"

여자가 놀란다. 그가 비록 발음을 물속 무덤이라고 하긴 했지만, 그것을 물속 무덤으로 알아듣는 건 그녀뿐일 것이다.

"왜 그렇게 놀라는데?"

"물속 무덤은 누구에게도 말한 적이 없는데 어떻게 알았어?"

"얘기한 적 없어."

"그런데, 어떻게 알아?"

"우리 지난 초여름, 연지 오기 전에 롱아일랜드 라벤더 농장에 다녀왔잖아. 왜 오일이랑 비누도 산 데."

"그랬지! 그런데?"

"올 때 옆에서 잤잖아. 그런데 물속에 무덤이 있대! 물속에 무덤이 있대! 몇 번이나 같은 말을 해. 오죽하면 내가 그 발음하기 어려운 물속 무덤을 외웠을까? 그 물속 무덤이 뭐야?"

여자는 남자의 발음 때문에 또 웃는다.

"그게 무슨 뜻이야? 내가 언제 물어봐야지 하면서 잊어버렸어."

여자는 손으로 동그란 봉분을 그리며 설명을 한다. 한국의 무덤이 어떤 모양이고 여기 무덤과 어떻게 다른 모양인지 설명한다.

"나도 본 적 없어. 누가 말해줘서 들었어."

"그런데 물속에 무덤이 남아 있을 리가 없잖아. 물에 이리 쓸리고 저리 쓸리다 보면 다 없어졌겠지!"

"그렇겠지!"

"물속에 무덤을 쓰는 사람은 없으니, 그 무덤은 육지였다가 나중에 물에 잠기게 된 거겠지!"

"왜 물에 잠기게 됐을까?"

자신은 한 번도 생각한 적이 없는 것들을 남자는 추리한다.

"아마도 거스를 수 없는 강제성이 있었다는 건데, 그러면 국가의 정책이 있었다는 거지. 당시 무덤의 주인이 없었다는 추측도 가능하고. 버려진 무덤인 거지. 그렇지 않으면 무덤이 물에 잠기기 전에 어떤 조처를 했겠지."

"음, 그럴 수 있겠네."

"어딘데?"

"지금은 호수."

"누가 묻힌 건데?"

"나 아는 사람…… 그런데 한 번도 본 적이 없는 사람들. 더 묻지 마. 나도 잘 모르니까."

"연지 아빠야?"

"왜 연지 아빠를 한 번도 본 적이 없겠어. 그는 저수지에서 익사했어. 그의 집 근처 저수지."

"왜?"

"수배 중이어서 숨어 다녔어."

"뭐 때문에?"

남자가 놀라서 묻는다.

"우리처럼 군사독재를 뚫고 나온 경험이 없으면 이해하지 못할 거야. 더구나 아메리칸 키즈는!"

"그 소리 싫은데 자꾸 하네."

남자는 정말 화가 난 것 같다.

"그건 남아메리카 나라도 대부분 그렇고 아프리카도 그렇잖아."

"아기 가졌다고 시신을 못 보게 했어. 익사한 지 얼마 안 된 듯 불지도 않고 깨끗했다고 해. 아마 집에 가려다가 집 근처에서 잠복 중인 형사에게 걸린 듯해. 나까지 끌려갈까 봐 우리 집에는 오지 못했고. 도망가려다 빠진 건지, 빠뜨려진 건지. 내가 유학 올 때도 힘들었어. 죽은 남편이 운동권이어서. 사실 운동권의 숨은 핵심은 난데 그이가 앞에 있어서 난 뒤에 가렸지."

그녀가 소리 내서 웃는다. 놀란 남자의 얼굴을 보고 또 웃는다.

"믿어지지 않아서."

"왜?"

"깊지만 부드러운 이미지라."

"운동하는 사람들 다 깊고 부드러워. 그들은 다 이상향을 꿈꾸지. 그것이 불가능하다는 걸 알면서도 그것을 위해 기꺼이 몸을 던져."

그녀는 손가락으로 그의 앞머리를 쓸어 넘긴다. 남자는 손을 올려 그녀의 손을 잡는다. 여자의 손을 자신의 얼굴에 댄다. 여자의 얼굴이 눈앞에 있다. 납작하고 동그란 얼굴, 단정하나 고집스러워 보이기도 하는 이마, 조금 솟은 광대가 그녀를 영리해 보이게 한다. 그녀의 검은 눈매는 연지의 눈과 비슷하다. 여자가 처음 그의 사무실에 왔던 날, 그녀의 눈을 본 그는 처음 맞닥뜨리는 서럽고도 희열이 섞인 알 수 없는 감정에 당황했다. 설명하기 쉽지 않은 감정이 주체할 수 없이 일어났으며 몸까지 떨렸다. 그는 이 여자를 따라서 저 알 수 없는 시간으로 넘어간 것 같았다. 조금 더 구체적으로 표현하자면 앞에 앉은 그녀가 그를 만 년 전쯤의 다른 대륙으로 데려간 것 같았다. 두 대륙의 맨 윗부분이 붙어 있던 시대 그 어느 시간쯤 말이다.

눈이 내리고 몹시 추운 날, 먹을 것을 구하러 나갔다가 집으로 돌아가지 못한 사람처럼, 그래서 자신을 배웅해주던 사람을 다시 만날 수 없던 그 슬픔의 근원을 만난 것일까. 남자는 서럽고 슬펐다. 그에게 손을 흔들던 그녀를 떠올리며 눈 위에 쓰러져 죽어갔을까. 아니면 산에서 미끄러져 추락했을까. 아니면 사냥을 하다 다친 상처가 깊어져 길에서 죽었을까. 그때 집 앞에서 손을 흔들던 사람을 다시 만난 것처럼 그는 쉽게 무너져 내렸고 그녀 앞에서 마치 벌거벗은 사람처럼 감정을 숨기기 어려웠다. 그러나 그것은 그의 감정일 뿐 그녀는 담담해 보였고 그에게 어떤 특별한 감정이 없는 것 같았다. 그는 면접을 어떻게 해야 하는지 생각나지 않았다. 당황한 건 오직 그였다.

그는 자신의 얼굴을 내려다보는 검은 눈을 보고 있다. 그녀가 학생운동을 했다고 한다. 그는 군사독재 아래서 학생들이 저항한다는 것이 어떤 것인지 구체적으로 알지 못한다. 하지만 그녀가 말하는 것을 보면 목숨을 걸어야 하는 일인가 보다.

"멋으로 운동을 하는 사람들도 있어."

"어떻게?"

"왜 바꾸어야 할 대상보다 밖으로 보이는 행위의 멋스러움을 보고 끌린 경우, 아니면 정치적 야망!”

“그럴 수도 있겠네.”

“그 사람들은 변절하지.”

“왜 변절해?”

“사실은 하나도 안 멋있는 걸 알게 되기 때문이지. 가난하고 숨어 다니고 잡히면 고문받고 갇히고 사형당하기도 하니까.”

“그러면?”

“반대인 기득권에 붙는 거지. 거긴 멋있으니까. 돈도 있고 권력도 있고, 또 모두 힘을 합해 이권을 쟁취하니 상상할 수 없을 정도로 서로 끈끈하지. 마치 피를 나눈 가족처럼 서로 보호해주기도 하고.”

남자는 자신이 모르는 세계를 열심히 듣는다.

“변절할 땐 어떻게 해?”

“각종 이유를 대는 거지. 자신의 변절에 정당성과 합리성을 부여하기 위해서. 한마디로 이쪽은 지질해. 뭐 이런 식으로.”

그녀가 고개를 숙여 그의 입을 맞춘다. 남자는 그녀의 상의 안으로 손을 넣었다. 부드럽고 따스하다. 물속 무덤이 뭐야. 그가 다시 속삭인다. 그녀는 대답이 없다. 그도 굳이 대답을 듣겠다는 건 아닌 것 같다. 그가 그녀의 파자마 상의의 단추를 연다. 둥근 가슴이 바로 그의 눈앞에 있다. 여자는 가슴에서 그의 손을 떼서 자신의 얼굴에 댄다.

여자는 그의 머리를 손으로 받쳐 올린 다음 무릎을 괴었다. 모든 것이 얼어붙은 겨울, 흐르는 저 강이 얼었으니 물속 무덤도 얼었을까. 여자는 자신에게 묻는다. 자신도 알 수 없는 그 질문을 왜 했을까. 깊은 물속이면 얼지 않았을 거야. 또, 그렇게 스스로 대답한다. 왜 이런 때 그 물속 무덤이 떠오르는 걸까. 이제 봉분도 다 없어져서 흔적도 없을 텐데. 그동안 그녀가 무시해도 물속 무덤은 그녀의 마음에 돌기둥처럼 존재했던 것은 아닐까. 그녀는 시작도 끝도 없이 툭툭 튀어나오는 생각에서 빠져나오려고 남자를 안는다. 남자도 여자도 커지는 숨소리를 최대한 낮춘다. 살아 있는 것들의 따스함은 서로 엉겨서 점점 온도가 상승한다. 그들은 서로 껴안은 두 암석처럼 타오른다. 형체도 없이 사라질 것처럼 타오른다. 그렇게 그들은 서로 몸을 붙이고, 아직 보이지 않는 새벽빛에 금이 가기 시작하는 성근 어둠을 지나간다. 케메! 여자가 그의 이름을 한 숨 쉬듯 속삭인다. 숨소리는 점점 더 깊어간다.

남자의 가슴 아래서 눈을 감고 숨을 몰아쉬는 그녀가 감은 눈 속에서 물속 무덤을 본다. 물속의 두 무덤은 자그마한 봉분일망정 그대로 있다. 물길과 물결에도 손상되지 않고 원래의 모습을 유지한 봉분이다. 상상일 것이다. 그녀는 무덤이 물속에 잠기지 않았을 때도 물속에 잠겼을 때도 무덤을 본 적이 없다. 봉분이 하나였을 때 그 언덕 아래의 집에서 살던 여자가 있었다. 겨우 몇 개월밖에 안 된 아기를 두고 죽은 스물두 살이었다는 그 여자. 죽어서 언덕 위 흙이 붉었던 그 초라한 봉분의 무덤 옆에 나란히 묻혔다는 그 여자. 아무도 가져가지 않아서 집에 그대로 있었다는 그 여자의 베틀은 물속을 떠돌다 어디로 갔을까.

남자는 눈을 감은 여자의 얼굴 여기저기에 입을 맞춘다. 그래도 여자는 눈을 뜨지 않는다. 집을 떠날 때 손을 흔들며 배웅하던 여자를 이제 다시 만난 것처럼 그는 안도한다. 그는 감겨 있는 여자의 눈꺼풀에 오래 입을 맞춘다. 그래도 여자는 눈을 감고 있다.

눈 떠봐. 남자가 여자의 귀에 대고 속삭인다. 추워…… 여자는 눈을 뜨는 대신 춥다고 웅얼거린다. 발밑 소파 한구석에 구겨져 있는 담요를 가져다 여자의 벗은 몸을 덮는다. 장작은 이미 다 탔다. 남자와 여자처럼 활활 불길을 내뿜으며 타다가 몸을 다 태우고 소진했다. 아궁이에서 남은 불꽃 몇 개가 깜빡인다. 남자가 일어나 옷을 입는다. 그리고 여자에게 옷을 입혀준 다음 다시 담요를 덮어준다. 여자는 돌아누워 소파 등받이에 얼굴을 묻는다. 남자가 등을 돌린 그녀를 끌어안고 그녀의 검은 머리칼에 얼굴을 묻는다. 밖엔 암청색의 하늘이 나타나기 시작한다.

난 산에 가고 싶었어. 산에 가서 그 커다란 새를 다시 보고 싶었어. 멀리 날아가던 새가 우리 가까이 올 것 같았어. 갑자기 그런 생각이 들었기 때문에 캠벨 아저씨에게 그 산에 가자고 졸랐어. 엄마가 너무 추워서 안 된다고 했어. 그도 잘못하면 감기 들 거라며 못 간다고 말했어. 그나마 조금 나아졌던 날씨가 다시 추워졌대. 이런 날은 새가 안 나온다. 그가 말했어. 강이 어제보다 더 얼었어. 쇄빙선이 일한 것도 소용없네. 엄마가 말했어. 그가 저녁때 저 아래 강가에 있는 식당으로 식사하러 갈 거라고 말했어. 난 어제 갔던 데냐고 물었어. 그는 아니라고 말했어. 아래로 좀더 내려간다고 했어. 그는 텔레비전을 시청했고 엄마는 옆에서 책을 읽었어. 날씨 때문인지 대낮에도 벽난로 안이 불로 가득 찼어. 캠벨 아저씨는 온종일 장작을 땠어. 그는 들고 있던 리모컨을 이리저리 돌리더니 한 채널을 찾아냈어.

"연지, PBS 네이처 채널! 새가 나오네. 봐. 독수리야."

난 마지못해 소파에 가서 앉았어. 엄마는 내 옆에 과자와 과일, 주스를 가져다 놓았어. 엄마는 커피를 마셨고 캠벨 아저씨는 차를 마셨지. 난 내가 좋아하는 자몽주스를 마셨어. 장작이 시뻘겋게 달아올라서 주위는 후끈거렸어.

"우리가 산에서 본 새는 독수리 아니잖아요?"

나는 뭐가 억울한지 볼멘소리를 했어.

"아니지. 그 새는 호크야. 빨간 꼬리의 호크. 그런데 저거 봐. 저 새 머리가 하얗지. 아메리칸 이글이라고 불려. 볼드 이글이라고도 하고."

"알아요. 학교에서 배웠어요."

내 여전한 대답에도 그는 미소 지었어.

겨울 풍경이 화면에 펼쳐졌어. 내레이터는 미시시피강이라고 말했어. 겨울 풍경은 어디나 황량해. 엄마는 유리 밖으로 보이는 언 강과 강 건너 숲을 보면서 수묵화 같다고 중얼거렸어. 캠벨 아저씨도 나도 수묵화가 무엇인지 이해하지 못했어. 엄마가 설명했지만, 캠벨 아저씨는 한 번도 수묵화를 본 적이 없는 탓에 여전히 구체적으로 이해하지 못했고 어린 나도 마찬가지였어.

화면에는 독수리가 두 발로 긴 막대를 잡고 날아. 수컷은 날갯짓만으로 날아가고 있어. 높은 나무 위는 그냥 흔들려. 바람이 불 때는 나무 꼭대기가 휘청거려. 암컷이 기다리고 있는 곳엔 한창 짓는 중인 둥지가 보여. 암컷은 그곳에서 수컷이 오기를 기다리고 있어. 머리와 목덜미까지 깃털이 하얀 독수리는 마치 머리 전체와 목을 하얀 천으로 가린 모슬렘 여인 같아. 날카로운 부리를 가진 독수리는 꽁지도 하얀색이야.

암컷이 알을 낳으려는 모양이네. 엄마가 잠시 책에서 눈을 떼고 말했어. 저 추운 겨울에 알을 낳아 품고 있어야 한다니…… 수컷 독수리가 더 적극적으로 알 낳을 둥지를 만들려고 하네. 발로 긴 나뭇가지를 잡고 날아가다니. 화면을 보는데 방해되게 엄마가 자꾸 말했어. 캠벨 아저씨는 화면에 집중했는지 가만히 있어서 나도 아무 말 하지 않았어. 아무도 대답하지 않자 엄만 다시 책으로 돌아갔어.

수컷 독수리는 죽을힘을 다해 들고 온 긴 나뭇가지를 둥지 가장자리에 쌓아. 그 수컷은 또 지푸라기를 들고 날아와. 둥지로 돌아온 수컷은 암컷과 다정하게 부리를 맞춰. 둥지엔 짚과 나뭇가지 사이에 흙이 채워져 있어. 암컷이 그 둥지의 가장자리를 발로 고르고 있어. 수컷은 암컷의 뒤를 따라다니며 암컷이 만들어놓은 둥지를 허물고 다시 고쳐. 캠벨 아저씨와 내가 소리 내서 웃었어. 엄마가 웃음소리를 듣고 다시 화면을 봤지만, 이미 늦어서 그 장면은 지나갔어.

잠시 책에서 눈을 떼고 화면을 보던 엄마가 중얼거리며 자리에서 일어났어. 그녀는 유리창으로 걸어갔어. 캠벨 아저씨가 엄마에게 왜 그러냐고 물었어. 엄만 대답하지 않고 커튼을 쳤어. 하늘이 너무 흐리고 낮아서 세상이 죽은 거 같아. 하늘이 곧 땅까지 내려올 기세야. 내가 죽을 거 같아. 숨을 못 쉬겠어. 텔레비전 화면이나 유리창 밖이나 똑같아. 엄마가 쉬지도 않고 연달아 말했어. 커튼은 이중이라 두꺼운 천은 두고 안쪽의 신부 면사포 같은 천을 쳤어. 그것만 쳐도 쏟아질 듯한 하늘은 보이지 않았어. 쏟아질 기세인 하늘만 가리면 되니까. 그럼 텔레비전 끌까? 그가 엄마에게 물었어. 아냐, 연지와 둘이 봐. 엄마는 그렇게 말하고 주방으로 갔어. 엄마가 너무 추우니 식당에 가지 말고 집에서 저녁을 먹자고 캠벨 아저씨에게 말했어. 아저씨는 엄마가 원하는 대로 하라고 간단히 말하곤 다시 화면으로 돌아왔어.

눈보라에 둥지가 바닥으로 떨어졌어. 부부 독수리는 얼마나 놀랐을까. 알 낳을 때가 다 되었을 텐데. 산실과 육아실이 다 무너진 거지. 독수리는 둥지를 다시 만들어야 해. 엄마와 캠벨 아저씨는 어쩌면 좋으냐며 탄식을 했어. 나보다 더 열중해서 보는 듯했어. 그가 답답하니 저녁에 식사하러 나가자고 엄마를 설득했기 때문에 엄마는 다시 소파에 앉아서 화면을 보고 있어. 나는 화면 속 부부 독수리도 흥미가 있지만, 산에 있는 새를 더 보고 싶었어. 내일 갈 수 있으면 하는 마음이 다시 들었지만, 캠벨 아저씨 말처럼 강은 더 얼 거 같아. 그러니 높은 산은 얼마나 춥겠냐고 그가 내게 물었어. 나는 눈이 감겼어. 독수리 부부의 무너진 산실 걱정이 무색하게 눈꺼풀이 더 무거워졌어. 독수리 커플이 알을 어디에 낳을지 걱정이 된 건 나만은 아닐 거야. 시간 안에 다시 둥지를 만들 수 있을지 모르겠어.

여자는 슬그머니 없어진 아이를 찾느라 자리에서 일어난다. 아이는 침대에서 잠이 들었다. 아버지 얼굴도 못 본 아이가 그녀의 가슴속에 창이 됐다. 그런 아기를 공부하겠다고 떼어놓았다. 창이 그녀를 찔렀다. 아이는 삼촌을 아빠로 알고 이모를 엄마로 알고 컸다. 때때로 아이가 너무 되바라진 듯해서 마음에 걸린다. 크면서 괜찮아지겠지 하고 이불을 덮어주고 내려온다.

"연지는?"

그가 텔레비전을 끄고 묻는다.

"자. 조금 있다 깨워야지. 너무 자면 밤에 안 잘까 봐."

"아이들이 낮에 잔다고 밤에 안 자나? 많이 움직이니까 낮잠을 잘 수도 있지만, 연지는 산에 못 가게 돼 낙심해서 자는 거 같아."

"아동심리학 했어?"

"공부해서 아나? 어렸을 때 경험으로 아는 거지. 나도 뭔가 풀리지 않는 것들이 쌓이면 잤던 거 같아서."

"연지가 낙심하는 게 뭘까?"

"아마도 산에 못 가서…… 아마, 호크를 못 봐서…… 그 뒤에는 좀더 감성적이고 심리적인 문제가 있을 수도 있고."

"그래? 어떤 거?"

"그냥, 내 어릴 때 생각을 해보니 밖으로 나온 감정은 늘 어떤 근원적인 것과 연결이 돼 있더라고. 특히 솔직하게 말하거나 드러낼 수 없는 게 그림자처럼 들어 있어."

대답 없이 여자가 입을 삐죽하게 내민다.

"그게 뭘까? 자긴 어떤 경우에 그랬는데."

그는 다소 곤혹스러운 듯 잠시 침묵을 지킨다.

"커서 생각하면 유치하지만, 아이들 입장에서는 중요한 거야."

그가 말을 멈추고 한참을 생각하더니 입을 열기 시작한다.

"엄마가 집에 없는 날이 많아지기 시작했어. 아버지가 우는 나를 당신의 무릎 위에 올려놓고 엄마가 곧 올 거라며 달랬어. 나이 차가 있는 형과 누나는 평소와 다름없는 얼굴이었고. 어린 나는 나 혼자 엄마를 보고 싶어 한다는 사실에 충격을 받은 모양이야. 그다음부턴 울지도 못했고 마음에 담게 됐어. 그게 다른 어떤 일, 불만족하지만 아이들 생각에도 드러낼 수 없는 경우, 즉 내 본래의 감정을 숨기고 화를 내기에 만만하거나 적당한 일이 생기면 화를 내는 거지. 지금 연지처럼 산에 가지 못하는 것에 화를 내지만 그 아래 다른 억울함 같은 게 숨어 있다는 거야. 그 억울함은 솔직하게 드러낼 수 없는 것일 경우가 많지. 아마 산에 호크를 보러 가지 못하는 것의 밑바닥에 솔직할 수 없는 불만족이 있지 않을까 싶어."

"글쎄…… 그게 뭘까?"

"잘 지켜봐. 돌려서 물어보기도 하고. 혹시 할머니가 보고 싶은 거 아닐까! 나도 엄마가 보고 싶었으니까."

여자는 놀란 듯 말을 못 한다.

"거기까지는 생각을 못 했네."

"한번 다녀와. 그동안 못 갔다며?"

"아직은…… 아냐."

"그냥 가면 되지. 뭘 계산하고 자꾸 따져? 그냥 그때그때 할 거 하면서 살아."

"알았어. 그런데 엄마는 왜 자꾸 집을 비우셨던 거야?"

"이유는 지금도 정확하게 알 수 없지만 아팠다고 해."

"어디가 아프셨는데?"

"몸이 아니었던 것 같아. 아버지가 집에서 멀지 않은 곳에 엄마의 명의로 이 집을 사 주고 쉬라고 했어. 그래서 엄마가 여기 머물면서 아픈 것이 나아지기를 바라지 않았나 싶어. 엄마는 거의 여기 머물렀어. 나중에 내가 징징대니까 나도 여기로 데려온 거지. 그렇게 표현하고 해소할 수 없었던 나의 불만족은 엄마와 함께 여기 머물면서 어느 정도 해결이 되긴 했어."

"그럼 마음이 아프셨던 거야?"

"그건 나중에 자세하게 알려줄게. 잘못 전달하면 듣는 사람이 오해를 할 수도 있고. 지금은 연지의 상태를 좀 지켜봐. 산에 못 가는 게 불만 같지만, 그 밑바탕에 다른 불만이 있을 수도 있다는 거야. 꼭 할머니가 아니라도. 나도 그렇게 불만족을 해결할 수 없을 때는 잠을 많이 자기도 했던 거 같아서."

남자는 자신의 엄마에 대해서 한발 뒤로 물러나 앉는다. 본인이 의도해서가 아니라 정말 어떻게 표현해야 할지 방법이 없었기 때문이다. 보이지 않는 걸 설명해야 하고, 보이지 않기에 이야기해도 듣는 사람이 제대로 이해하지 못하고 때로는 오해한다는 사실을 여러 번 경험했기 때문에 그 이후로 엄마에 대해서 말할 때 주저하고 꺼려왔다. 남자가 그렇게 말하자 여자는 대화를 접었고 그렇다고 섭섭한 눈치도 아니어서 남자는 안심한다.

남자는 차 안에서 미리 시동을 건다. 여자와 아이가 뒷자리에 오른다. 아이는 산에 갈 때처럼 온몸을 둘둘 감아서 눈만 내놓고 눈사람처럼 앉아 있다.

"정말 춥네."

여자가 덜덜 떨면서 말한다.

"그나마 차가 안 얼은 게 다행이야."

"차고에 넣어서 그렇지."

아이는 아직 잠에서 깨지 않은 듯 반응이 없다.

"왜 이렇게 졸려?"

"몰라."

"어디 아픈 건 아냐?"

그가 뒤를 돌아보며 묻는다.

"그냥 졸려요."

여자는 아이의 이마에 손을 대본다.

"열은 없네."

"산에 못 간 건 좀 따뜻해지면 가면 되니까."

남자가 다시 말한다.

"뭐 다른 건 없어?"

"다른 거 뭐요?"

"산에 가는 거 말고 하고 싶은 거."

"없어요."

상냥한 아이가 조금 퉁명스럽다. 잠에서 덜 깬 탓이다. 아이의 퉁명스러운 대답 때문에 대화는 단절된다. 노을 한 자락조차 얼음장처럼 시려 보이는 찬 겨울 저녁, 그들은 길을 달려 마치 강물 속으로 들어가려는 건지 아니면 지금 막 강에서 올라온 것인지 모를 식당 주차장에 차를 세운다.

세 사람이 들어서자 식당 안에서 식사를 하던 사람들이 안 보는 척하면서 일행을 쳐다본다. 남자는 신경 쓰지 않는다.

여자는 신경이 쓰인다. 아이는 그저 무심한 것처럼 보인다.

여자와 남자를 뒤에서 따라가는 아이는 몇 개의 계단을 내려가 중앙의 홀 안으로 들어갈 때 자신을 쳐다보며 옆으로 지나갈 때까지 눈을 떼지 않는 나이 든 여자를 본다. 붉은 기가 있는 갈색 머리를 한 백인 여자는 지나가는 아이가 민망하도록 말갛게 쳐다보고 있다. 아이는 그 여자를 지나쳐서 저만큼 갔을 때 갑자기 뒤를 획 돌아본다. 그 여자와 얼굴이 마주친다. 백인 여자는 아예 고개를 돌려 일행의 뒷모습을 쳐다보고 있다. 아이는 여자에게 혀를 쏙 내민다. 여자가 당황해서 고개를 반대로 돌린다. 아이는 언제 그랬냐는 듯 평상시 얼굴로 돌아와 남자가 빼놓은 의자에 앉는다.

창밖 강물에는 식당에서 나오는 불빛이 넘실댄다. 강가에 지어진 식당의 공통점이다. 강은 점점 더 어두워질 것이고 불빛은 더욱더 화려해질 것이다. 이 추운 날에도 식당 안은 꽉 찼고 붐비고 덥고 시끄럽다. 일요일이다. 올해 마지막 날이다. 새해 이브다. 남자는 스테이크가 담긴 아이의 접시를 자기 앞으로 가져간다. 아이가 먹기 좋게 잘게 썬다. 아이는 그 고기를 몇 점씩 남자와 여자의 접시에 놓는다. 이유는 다 못 먹겠다는 것이다. 여자가 연어 한쪽을 조금 잘라 아이에게 준다. 남자도 양고기를 조금 잘라서 아이의 접시에 덜어준다.

"아까보다 더 많아졌네."

아이가 투정한다.

"잘 먹어야 산에 가지. 추울 때는 열량이 많이 필요해!"

"미스터 캠벨! 이렇게 추울 때 그 큰 새는 어디서 자요? 빨간색 꼬리가 달린 그 새요."

"뭐 남쪽으로 내려가지 않았으면 동굴에서 자든가 그러겠지. 큰 새니까."

"눈 오면요?"

"아마 눈이 와도 동굴에 가지 않을까? 작은 새들은 나무 구멍에도 들어가고 나무 기둥과 가지 사이에 앉아 있기도 하고 사람들이 만들어서 나무에 올려놓은 새집에도 들어가겠지만, 호크는 그러기엔 너무 크지!"

그는 차를 몰고 시내로 들어간다. 차에 가스를 넣고 슈퍼마켓에서 간단한 식품을 사는 동안 그녀는 빵집에서 예약해놓은 케이크를 산다.

"미스터 캠벨, 생일이에요?"

아이가 자신의 무릎에 놓인 케이크를 두 손으로 꽉 쥐고 묻는다.

"내 생일 아닌데……"

남자가 말한다.

"그럼 누구 건데?"

아이가 다시 묻는다.

“그냥 샀어. 내일이 새해잖아.”

여자가 아이에게 대답한다.

“난 아저씨 생일이면 선물도 준비 못 했는데 어떡하나, 걱정했어.”

“내 생일에 무슨 선물 줄 건데?”

“아직 몰라요.”

“연지는 내 생일 언젠지도 모르잖아?”

“엄마한테 물어볼게요.”

아이가 소리 내서 웃는다.

남자는 불을 피우려다 여자에게 한번 해보겠냐고 묻는다. 남자에게 자신도 한번 해보고 싶다고 했던 게 기억났기 때문이다. 여자가 흔쾌히 해보겠다고 말하고 벽난로 앞으로 간다. 여자가 불을 피우려고 준비하는 걸 보고 남자는 주방으로 간다. 마른안주를 담아 술을 가져온다. 처음부터 나무를 많이 넣으면 불이 꺼져. 남자가 쟁반을 테이블에 놓으면서 말한다. 아궁이에 장작이 꽉 찼다. 여자는 맨 위에 놓은 장작 두어 개를 치운다. 그제야 불길이 오르기 시작한다. 그냥 두고 이리 와. 이제 잘 탈 거야. 남자가 여자를 부른다.

그가 촛불 한 개가 꽂힌 케이크에 불을 댕긴다. 생일도 아닌데 왜 촛불을 켰어요? 심심하니까! 남자가 말한다. 새해잖아! 여자가 말한다. 아, 그렇구나! 아이가 말한다. 해피 뉴 이어! 아이가 입에 바람을 넣어 귀여운 볼을 더 빵빵하게 한다. 오므린 입으로 바람을 불어낸다. 촛불 한 개가 간단하게 꺼진다. 두 사람은 샴페인을, 아이는 주스를 담은 컵을 들고 건배를 한다. 장작이 불길을 내뿜기 시작한다. 여자는 케이크가 담긴 접시를 들고 다시 불 앞으로 간다. 남자는 불 앞에 앉아 있는 그녀의 뒷모습을 바라본다. 아이가 그녀에게 다가간다. 아이는 여자의 무릎에 앉아서 치댄다. 턱을 치켜들고 여자에게 뭐라고 한다.

여자가 앉은 자리에 있던 어떤 여인이 앉아 있었다. 지금 저 여자의 나이보다 많았을 것이다. 키가 좀 크고 호리호리했다. 밝은색 머리는 뒤로 틀어 올리고 긴 치마를 자주 입었다. 지금 저 여자의 무릎에서 치대는 여자아이처럼 여인의 치마를 붙잡고 매달리고 무릎에 앉던 어린 소년이 있었다. 남자는 갑자기 떠오른 기억을 떨치듯 샴페인을 마신다. 케메…… 여인이 어린 소년을 불렀다. 이걸 입어야 해. 여인은 아이에게 조끼를 입혔다. 그녀의 입에서 단내가 났다. 구명조끼의 고리를 딱 소리가 나게 채운 그녀가 아이를 안고 볼에 입을 맞춘 다음 운전석 옆자리에 앉혔다. 다시 아이의 볼에 입을 맞추고 이마와 머리를 쓰다듬었다. 그녀는 배를 몰고 강 가운데로 나갔다.

여인은 강을 거슬러 올라갔다. 다리 아래를 지날 때 빼고는 그늘이 한 점도 없는 강이었다.

케메! 내일은 집에 가야 해. 나만? 응! 엄마는? 엄만 여기 조금 더 있다가. 왜에? 집에 가자! 엄마. 어린 소년은 거의 울상이다. 어엄마! 집에 가자아— 아이의 울음소리가 강으로 내려앉는다. 아이의 울음소리가 허공으로 사라진다. 울지 마, 엄마가 금요일에 케메 데리러 학교로 갈게. 유치원 다니는 사람은 아기가 아니니까 떼쓰는 거 아니지! 소심한 소년은 울음을 멈추지 못하고 대신 숨죽여 흐느낀다. 배의 속도가 갑자기 빨라지기 시작한다. 아이는 무섭다. 옆으로 보이는 엄마의 얼굴도 무섭다. 엄마가 화가 난 것 같다. 짜증이 난 것 같기도 하다. 놀란 아이의 울음이 잦아든다. 조그만 두 손으로 의자 양옆을 꽉 잡았다. 케메! 안 들려? 케메에—

남자는 소리를 따라 고개를 돌려 여자를 본다. 하지만 눈으로 보고 있을 뿐 남자의 의식은 아직 자신의 눈을 다 따라오지 못한다. 왜 그래? 여자가 묻는다. 대답도 없이 남자는 일어나 위층으로 올라간다. 탈진한 듯 피곤하고 의식은 그 배에 붙잡힌 것처럼 혼란스럽다. 침대에 누운 남자는 눈을 감는다. 여자가 올라오는 발소리가 들린다. 남자는 눈을 뜰 기운조차 없다. 여자가 침대 옆에서 걱정스러운 듯 내려다본다. 이마를 짚어본다. 열은 없다. 이불을 덮어준다. 남자는 자는 것처럼 보였을 것이다. 여자는 방문 앞에서 스위치를 내린다.

여자는 남자가 하는 것처럼 창문과 현관문이 잠겼는지 확인하고 베란다로 나가는 문도 점검한다. 벽난로의 불이 다 꺼졌는지 살펴보고 주방의 스토브도 확인한 다음 2층 침실로 올라와 남자의 방으로 들어간다. 그의 숨소리를 확인한 다음 조명등만 켜준다. 방문을 반쯤 열어둔다. 여자는 자신의 방도 스위치를 내리고 방문을 반쯤 연다. 아이가 누워 있는 침대로 들어간다. 남자에게 묻어온 검은 그림자 한 조각이 그녀의 이불 속으로 따라 들어간다.

여자는 깜짝 놀라서 잠에서 깬다. 꿈을 꾼 것도 아니다. 걱정을 품고 잔 탓인 모양이다. 일어나 침실 밖으로 나왔지만 아무 소리도 들리지 않는다. 그녀는 남자의 침실을 열어본다. 남자는 등을 보이고 누웠다. 여자는 계단을 내려간다. 6시다. 날이 밝으려는 모양새다. 벽난로의 재를 긁어내고 불을 피운다. 커피를 내린다. 내린 커피를 들고 불 앞으로 간다.

여자는 어제저녁 불길을 보다가 자신이 다른 의식 상태에 들어가는 걸 느꼈다. 호기심보다 무서움이 컸기 때문에 여자는 남자를 돌아봤다. 그때 남자는 다른 공간에 있는 사람 같았다. 여기 있으나 여기 없는 사람 같았다는 뜻이다. 그녀가 몇 번을 불러도 듣지 못했다.

"괜찮아? 왜 얼굴이 창백하고 꼭 귀신에게 정신을 빼앗긴 사람처럼 그랬어?"

"귀신?"

귀신이란 말에 남자가 웃는다.

"내가 뭘 물어봐도 듣지도 못하는 거 같던데. 귀신에게 홀린 것 같은 얼굴을 해서는…… 그냥 올라가서 잤잖아."

"어릴 때 생각이 났는데 그게 충격이 좀 있는 거라……"

"무슨 트라우마가 있는 거야?"

"트라우마까진 아니고. 약간 무섭지. 그래서 주로 내가 피하는데 어젠 방어할 시간도 없이 그냥 끌려들어갔어."

남자는 아무것도 아니라는 걸 강조하기 위해 미소 짓는다.

늦게까지 잤는데도 남자의 얼굴이 수척해 보인다. 핏기가 보이지 않는 얼굴을 보며 여자는 어젯밤 그녀를 따라온 그림자 한 조각이 펄럭이는 것을 본다. 그럼 어디가 아픈 거냐고 묻는다. 남자는 아니라고 한다.

"당신이 불 피우는 뒷모습을 봤어. 연지가 당신 무릎에서 노는 걸 보면서 엄마 생각이 났지. 엄만 좀더 키가 크고 머리를 올렸고 긴 치마를 입었어. 어린 나는 별일이 없으면 주말에 여기 왔어. 드물기는 하지만 아버지와 올 때도 있고 형과 누나와 같이 올 때도 있고. 연지처럼 엄마 무릎에서 놀았어."

"당신과 엄마가 여기 있을 때 형과 누나는 누가 돌봐?"

"나하고 나이 차이도 크고 집안일 보시는 분들 있으니까. 형과 누나는 엄마가 낳은 건 아니고 키웠지. 엄마가 상처한 아버지와 결혼한 거야. 형과 누나는 여기 좋아하지도 않았어."

"그런데 엄마는 왜 집을 두고 여기에서 혼자 살다시피 하신 거야?"

"엄마가 당신의 근원과 만날 수 있는 곳이라 생각하지 않았을까! 설명할 수 없이 그냥 끌리는 거⋯⋯ 실은 나도 잘 몰라. 물어본 적이 없어서. 그렇지 않았을까 추측하는 거지."

"무슨 소리야?"

"그런 게 있어. 나중에 말해줄게."

"나중에 언제?"

"물속 무덤에 대해서 말해주면."

남자의 짓궂은 표정이 잠시 창백함을 사라지게 한다.

"조건부야?"

여자가 웃는다.

"나 안 들어도 돼. 그런데 어떻게 돌아가셨어?"

"웨스트포인트에 있을 때."

어떻게 하고 묻는데 언제라고 대답한다. 그는 질문을 피한다.

"거기 나와서 로스쿨에 간 거야?"

"군 복무 끝나고. 할 일이 있어서⋯⋯"

"그 일?"

"응. 엄마가 하던 거."

"엄마도 변호사야?"

"아니, 엄만 운동가로 그들을 도운 거고. 그런데 보니까 법적으로 하는 게 더 효과적인 거 같아서……"

"그러니까 왜 하게 됐는데?"

"엄마가 하는 걸 본 게 제일 영향이 크지. 아냐, 지금 생각해보면 유전자 같기도 해. 어제도 그랬지만, 어릴 때부터 여기 오면 이상한 꿈을 꾸었어. 엄마가 가진 그 세계가 나에게도 있는 것 같아."

"그게 뭔데?"

"설명해도 잘 모를 거야. 그런데 어제 왜 날 부른 거야?"

"불길을 쳐다보다 이상한 걸 만나서…… 놀라서!"

"알아, 다른 의식이 열리는 거 말하는 거지? 들어가도 다시 돌아 나와. 무서워할 필요 없어. 혹시 불이 세상의 전부였던 태초를 만난 거 같은 거? 왜 있잖아, 이 지구가 지구가 아니었을 때, 불밖에 없었을 때 말이야."

"그 옛날이 왜 왔다는 거야?"

"왔다는 게 아냐. 불이라는 게 비슷하잖아. 세상을 태워 지구를 만든 큰불이든 추운 겨울 집을 따뜻하게 하는 작은 장작불이든 불인 건 같잖아."

"그런데 평온하면서도 흥분이 되고 긴장도 되고……"

"그건 평온이라기보다 집중하게 되니까 그걸 평온으로 착각한 거야. 불을 때는 행위를 세 단어로 말해보자면."

남자는 약간 뜸을 들인다.

"몰입과 흥분과 긴장!"

"그럴 땐 주로 뭔가 새로 탄생하잖아! 그런데 불을 피울 땐 뭐가 만들어지는데? 다 타버리는 소멸만 있잖아."

"소멸이 돼야 다시 탄생하지. 밤에 꿈을 만들어내잖아."

"무슨 꿈? 아 그 소리로 들린다고 한 것?"

"과거를 소환하는 거지. 유전자 속의 시간을 불러오는 거?"

"그럼 물소리, 발소리, 말소리 들이 과거와 연관이 있다는 거야?"

"비록 과거와 떨어졌어도 내 몸속 유전자에 그것이 다 들어 있어서 이렇게 꿈으로 나온다고 봐, 나는."

여자는 남자의 말에 환상으로 보던 물속 무덤을 떠올린다. 처음이었다. 꿈도 아니고 소리도 아니었다. 감은 눈 속으로 그것이 떠올랐다. 출국을 앞둔 어느 날, 고모가 갑자기 찾아왔다. 여차여차하다는 설명도 없이 출국 준비로 바쁜 그녀를 차에 태웠다. 복학생인 동갑내기 사촌이 운전했다. 산으로 둘러싸인 호수는 초여름 햇빛에 반짝였다. 여기가 무덤이 있는 곳이다. 고모는 물고기 비늘처럼 반짝이는 물을 가리켰다.

이 물 아래요? 그렇게 물은 사람은 여자가 아니라 사촌이었다. 그때 여자는 아무것도 실감 나지 않았다. 처음 듣는 말이었기 때문이 아니라, 당시 갓난아이를 떼어놓고 공부하러 떠나는 것이 그녀의 전부였기 때문이다. 그것만도 버거워서 다른 것을 받아들일 여유가 없었다. 간단하게 말하면 고모가 가리킨 물 아래가 현실 같지 않았다.

여자는 경사가 급한 나무 계단을 올라갔다. 4층짜리 빌딩이었고 오래됐으며 엘리베이터가 없었다. 사무실은 2층에 있었다. 계단은 낡았지만 삐걱거리지는 않았다. 여러 사람이 같이 쓰는 사무실이었다. 비서가 기다리라고 했다. 유리 부스 안에서 어떤 남자가 전화를 붙들고 통화 중이었다.

그사이 사람들이 나가고 들어오고 했다. 유리문이 열리고 전화를 붙들고 있던 남자가 들어오라고 했다. 여자는 남자가 가리키는 의자에 앉았다.

남자는 여자가 보낸 이력서를 놓고 여자에게 질문했다.

그는 왜 이 일을 하려고 하는지 물었다. 논문이 통과됐고 어린 딸아이를 데려와야 한다고 대답했다. 그녀는 대답하고 나서야 잘못됐다는 걸 알았다. 딸을 데려올 돈이 필요하고 시간이 있어서 일하겠다는 뜻이었다. 그냥 시간이 있어서라고 말했어야 했다. 남자는 알아들었는지 못 알아들었는지 내 대답은 개의치 않는 것 같았다.

서지향이라고 그녀의 이름을 발음해보고 맞느냐고 물었다. 그리고 자신의 명함을 내밀었다. 그녀는 그 사무실로 일주일에 3일씩 출근했다. 그는 일주일에 하루 정도 그곳에 나타났다. 다른 날은 그가 일하는 법무법인에서 일한다고 했다. 그 사무실은 미국 원주민을 위하여 법률적 문제를 무료로 해결해주는 곳이다. 변호사, 법대생, 법률 보조원 등이 자원봉사로 일하곤 했다. 그녀만 시간당 임금을 받았다. 미국 원주민이 많지 않아서 히스패닉, 흑인 등 소수계를 위해 일하는 민간단체와 사무실을 공유했다. 여자는 학교에 자리를 얻을 때까지 그곳에서 일했다. 그리고 밖에서 그와 만났다.

"참 모레, 역에 데려다줄게. 다른 짐은 다 트렁크에 싣고 들 수 있는 작은 가방만 챙겨."

"왜?"

"저 위 오나이다에 들러야 해서. 올 때 말했어야 하는데."

"언제 끝나는데?"

"밤 12시 전에는 집에 도착할 거야."

"그럼 같이 가. 오래 운전하면 힘들 텐데, 번갈아 운전도 하고."

"힘들어. 운전하기도 멀고 지루한 길이야. 겨울이라 풍경도 황량하고 연지도 힘들 거야. 집에 가 있어."

"같이 가. 연지도 좋아할 거야. 무슨 건인데 거기까지 가?"

"그 청년 알리바이가 필요해서."

그 밤, 남자는 또 한밤중에 눈을 뜬다. 어제 깼던 시간과 같은 시간인지는 알 수 없다. 이제 새벽에 깨도 더는 시계를 보지 않아서 몇 시에 깼는지 정확하게 기억하지 못한다. 그는 그냥 누워 있다. 감아도 빽빽한 눈을 다시 뜬다. 운전해야 하는데…… 남자는 다시 눈을 감는다. 한 시간쯤 지났을까, 눈만 감고 있던 남자는 자리에서 일어난다.

스웨터를 걸치고 아래층으로 내려간다. 새벽, 공기가 얼음장처럼 차갑다. 얼른 난로 안에 장작부터 넣는다. 엄마가 맞았어. 겨울엔 집을 닫는 게 좋아. 그는 불 앞에서 중얼거린다. 불을 피우는 건 언제나 동일한 긴장감을 만든다. 숙련됐다고 긴장감이 줄어들지는 않는다. 이 작업은 왜 경험이 소용없는 걸까. 그는 장작을 넣으며 생각한다. 수없이 동일한 작업을 반복해도 늘 처음 같다. 이렇게 사방이 막힌 벽난로 아궁이에 가두어도 불이란 예측할 수 없기 때문이다. 우유를 데웠다. 따뜻한 우유를 한 컵 들고 창가에 선다. 어린 그가 징징거리면 우유를 데워주던 엄마다. 한여름에도 우유의 찬기를 빼서 주던 엄마. 네가 아기일 때부터 찬 걸 먹으면 설사를 했어. 그래서 젖을 떼고 우유를 먹이기 시작할 때부터 덥혀서 먹였지. 엄마의 말소리가 현실처럼 살아난다. 목소리와 특유의 말하는 톤까지. 그는 창밖 어둠 속에 불빛으로 떠 있는 높은 다리를 쳐다본다. 짙은 어둠도 높게 뜬 불빛의 다리를 지우지 못한다. 차라리 하얀 물안개가 강에 꽉 차는 때면 저 하얀 다리가 안 보일까! 그는 입안에 고소함을 남기는 우유를 목 안으로 넘긴다. 차가운 우유보다 따뜻한 우유가 훨씬 고소하다. 그는 우유를 넘기면서 아버지 뜻처럼 그때 이 집을 팔아야 했었는지도 모른다고 생각한다.

네 사람

남자가 강가에서 불을 피운다. 나뭇잎이 살짝 움직인다. 미풍이다. 여자는 유리창 밖을 내다본다. 남자는 웬일인지 아직도 불을 붙이지 못하고 있다. 야외에서 모닥불을 피우는 일은 실내와 다른 것일까. 저 남자를 생각하면 불 앞에 앉아 있는 모습부터 생각날 것이다. 통유리 밖의 그들은 마치 무언극을 하는 배우들처럼 보인다. 그녀는 데크로 나가 남자에게 식사를 가지고 나갈지 물어보려다 만다. 불 피우는 그의 모습 너머 강 건너편으로 새 떼가 난다. 수송선과 유람선은 이미 끊긴 모양이다.

남자아이와 여자아이가 불을 피우는 남자의 주위를 뛰어다닌다. 남자아이는 여자아이와 함께 뛰어다니다 남자에게 다가가 말을 붙인다. 남자아이는 불을 피우는 데 관심이 많아 보인다. 혼자가 된 여자아이도 슬그머니 불가에 가서 선다. 남자는 불이 붙는 걸 보자 나무 테이블을 강가로 옮긴다. 그대로 두어도 될 텐데…… 여자가 혼자 생각한다. 남자아이가 달려가 무거운 테이블을 함께 든다. 체구로 봐서 얼마나 도움이 될지 알 수 없다. 여자아이도 달려간다. 남자는 방해꾼이나 다름없는 아이 둘을 헤치고 무거운 나무 테이블을 불가에 더 가까이 옮긴다.

머리에 반짝이는 보석이 달린 머리띠를 하고 손가락에 알사탕만 한 장난감 반지를 낀 여자아이는 요술봉까지 들고 있다. 슬쩍 발을 내민 어둠은 점점 짙어져 아이가 휘두르는 요술봉의 빛도 갈수록 선명해질 것이다. 여자아이보다 두어 살 더 먹은 듯 보이는 남자아이가 여자아이에게 뭐라고 한다. 여자아이가 남자아이에게 요술봉을 건넨다. 빌려주는 모양이다. 남자아이는 요술봉을 들어 허공에 대고 휘두른다. 물가를 한 바퀴 돌고 나자 흥미가 없는 듯 여자아이에게 요술봉을 돌려준다. 아이는 요술봉을 테이블에 올려놓고 불을 피우는 남자 옆에 가 선다. 모닥불은 이제 막 불이 붙는다. 남자가 아이를 보며 뭐라고 하는 모양이지만 대화 내용은 알 수 없다.

남자아이는 목에 카메라를 걸고 있다. 성격인지 카메라 때문인지 아이의 행동은 조심스럽다. 테이블에 앉은 아이는 머리에 쓴 야구 모자를 벗는다. 아이는 모자를 손으로 정성껏

매만진다. 이미 구부러진 챙의 양옆에 손을 대고 지그시 누른다. 머리를 손으로 쓸어 넘기더니 모자를 조심스럽게 쓴다. 마지막에는 이미 엄청나게 구부러진 모자의 챙을 양손으로 다시 누른다. 저 아이가 저것을 어디서 배웠을까. 호기심이 생긴 여자가 창가에서 눈을 떼지 않는다. 아마 마리에게 배웠을 것이다.

여자는 주방으로 가서 네 개의 도시락을 들고 밖으로 나간다. 여러 가지 과일을 썰어 담은 그릇도 챙긴다. 베란다에서 저녁을 먹자고 했으나 아이들이 강 앞에서 불도 피우고 식사하자고 졸랐다.

여자아이가 뛰어와 그녀의 다리에 엉긴다.

"연지. 매달리지 말고 이거 들어."

여자는 아이에게 과일이 담긴 그릇을 건넨다. 나무 테이블에 하얀 비닐을 깐 여자는 안에서 가지고 나온 것들을 올려놓는다. 도시락은 미시즈 장이 유재를 데리고 나오면서 건넨 것이다. 유재네 집은 부자 동네에서 생선 가게를 하는데 음식 솜씨 좋은 유재 엄마가 도시락도 만들어 판다. 장사가 잘된다고 한다.

"연어가 둘, 대구가 둘이네. 연어 먹을 사람?"

여자가 투명한 뚜껑 안을 보면서 물었다. 남자아이가 손을 들었다.

"유재는 아직도 카메라를 걸고 있구나."

여자가 도시락을 건네면서 남자아이에게 말한다. 아이는 누가 빼앗기라도 할까 봐 막는 것처럼 카메라를 한 손으로 잡았다가 놓는다. '카메라'라는 단어에 몸이 먼저 반응한다. 아이의 특이한 몸동작이 자연스러워 남자의 주의를 끈다.

남자와 여자아이가 대구 도시락을 가져갔고, 여자는 연어 도시락을 앞에 놓는다. 남자는 옆에 앉은 아이가 목에 걸고 내려놓지 않는 카메라를 유심히 본다. 해가 넘어가는 시간이라 세세하게 잘 보이는 건 아니다. 최신형은 아니지만, 가격이 꽤 나가는 물건 같다.

"유재야, 카메라, 아무도 안 가져가. 내려놓고 먹어. 밥 먹는 데 불편하지 않아?"

여자가 남자아이에게 말한다.

"괜찮아요."

아이는 고집스럽게 카메라를 목에 걸고 있다.

"누구 거야?"

남자가 묻는다.

"아빠 거요!"

"아저씨가 준 거야?"

볼에 보조개가 팬 여자아이가 묻는다.

"아니, 진짜 아빠 거!"

아이는 실수로 말하게 됐다는 걸까, 억울함이 잔뜩 담긴 얼굴을 푹 숙인다.

"알았어, 유재. 안 내려놔도 돼. 얼른 먹어."

여자는 집에서 나올 때부터 오래된 사진기를 목에 걸고 나온 아이의 머리를 쓰다듬어준다. 그녀는 이 아이가 유아원 다니던 때부터 봐왔다. 말이 없고 수줍은 아이였다. 지금도 마찬가지다.

"아줌마!"

"응!"

"엄마한테 전화 좀 해주세요."

"그래, 어서 먹어. 식사 끝나고."

"도시락 정말 맛있네. 정말 잘 먹었어. 유재는 좋겠네. 엄마가 맛있는 음식도 해주고 가게에서 돈도 많이 벌어 오시고."

남자의 말에 남자아이의 얼굴이 환해진다.

"유재는 무슨 일 하는 사람이 되고 싶어?"

남자의 물음에 아이는 수줍지만 흥분한 얼굴이다.

"아빠처럼 비행기 몰 거예요."

"어떤 비행기?"

여자아이가 또 아는 척하면서 묻는다.

"우리 아빠처럼 싸우는 비행기 몰다가 나중에 그냥 사람 태우는 비행기 몰 거야."

아이는 갑자기 집 안으로 들어간다. 곧 집에서 메고 온 가방을 가지고 나타난다. 가방에서 사진 책을 꺼낸다. 그 책은 여자가 작년 크리스마스 때 선물로 사 준 것이다. 최근의 기종까지 업데이트된 새로 나온 책으로 골랐다. 아이는 책을 펼치고 여자아이에게 손가락으로 짚어가며 열정적으로 설명한다. 아이의 목소리에 힘이 실린다. 여자아이는 비행기에는 흥미가 없는 듯 대답이 없다. 남자아이는 자신이 온 힘을 다해 열정적으로 친 공이 더 큰 힘으로 네트를 넘어오기를 기대했지만, 전혀 다른 결과에 실망한 모양이다. 남자아이는 책을 덮는다.

어둠이 내려앉았다. 남자아이는 일어나더니 모닥불을 배경으로 사진을 찍는다. 사진에는 불밖에 나오지 않을 거야. 남자가 속으로 생각한다. 그는 어두운 강물을 쳐다본다. 연지의 요술봉과 모닥불을 빼고 다른 것은 다 검게 나온단다. 아, 저 다리의 불빛도 찍히겠네. 저기 저 다리도 어둠이 짙어질수록 점점 화려해질 테니까. 그는 카메라 렌즈에 눈을 대고 여기저기 움직여보는 아이를 바라보며 속으로 말한다.

안에서 전화가 울린다. 집 전화벨 소리에 익숙한 그가 먼저 소리를 듣는다. 남자가 전화가 울린다고 이야기하자 여자가 집 안으로 들어간다. 이윽고 전화기를 귀에 댄 여자가 창에 나타난다. 누군가를 부르는 손짓을 한다. 여자를 처음 본 건 남자아이지만, 자신을 부른다고 생각하지 못한다. 소년은 그렇게 주위 상황을 빠르게 흡수하는 아이는 아니다. 생각이 많은 아이 같다. 유재, 엄마한테 전화 온 거 같아. 남자가 말한다. 과일을 먹던 소년은 모두 팽개치고 안으로 들어간다.

남자와 여자아이만 남았다. 장작불도 수그러들기 시작한다.

“미스터 캠벨, 마히캔턱!”

여자아이는 포크를 든 채 귀여운 입을 일부러 쏙 내밀며 말한다. 남자가 미소를 지었다. 그리고 고개를 끄덕인다.

“그래, 내일은 마히캔턱 탐사를 하러 가자. 강 저 위까지 다녀오자.”

여자아이가 정말이냐고 물으며 좋아한다.

남자가 미리 가져다 놓은 물을 다 꺼진 불 위에 뿌린다. 집 안으로 들어간 남자아이는 나오지 않는다. 여자아이도 집 안으로 들어가려고 일어선다. 유재 가방도 들고 가렴. 요술봉을 챙기는 아이에게 남자가 말한다. 남자의 말에 여자아이는 남자아이의 가방을 어깨에 멘다.

남자는 불이 다 꺼졌는지 확인한 다음 검은 강물을 한참 쳐다본다. 그곳으로부터 무슨 소리가 들리는 듯하기 때문이다. 소리는 강물에 불빛을 흘리는 다리 아래서 시작된 듯하다. 소리가 점점 커진다. 두웅~ 둥~ 헤이~ 야~ 헤이~ 소리는 다가올 듯하다가 검은 강물이 삼키듯 다시 멀어져간다. 그는 한 번도 확실하게 잡히지 않는 소리에 귀를 모은다. 이제 그 소리는 들리지 않는다.

알 수 없는 소리가 들린다. 잠깐 끊겼다가 다시 들린다. 남자는 눈을 뜨지 못한 채다. 의식도 갇힌 것 같다. 의식의 문 앞에서 소리는 맴을 돈다. 소리는 점점 커진다. 그의 의식은 자신의 꿈 안의 소리와 꿈 밖에서 나는 소리를 넘나든다. 밖에서 나는 소린지 자신의 꿈속에서 나는 소린지 구분할 수 없다. 그는 두 소리가 같은 소리인 것처럼 혼동하기도 한다. 어쩌면 그는 자신의 내면에서 들리는 익숙한 소리 같아서 깼는지도 모른다. 자리에서 일어나 보니 옆 침대의 아이가 소리를 내면서 흐느끼고 있다. 당황한 그는 아이를 깨운다. 아이를 길러 본 적도 없고 가까이 본 적도 없다. 우는 아이를 어떻게 해야 하는지 몰라서 할 수 없이 옆방에서 자는 여자를 깨운다. 향아! 향아! 다급한 목소리로 여자를 부른다. 무슨 일이야? 여자가 안 떠지는 눈을 가까스로 뜨며 묻는다. 유재가 울어! 여자는 급히 남자의 침실로 간다. 그때쯤 한밤중 소란에 여자아이도 자리에서 일어난다.

여자는 먼저 우는 아이를 안는다. 그저 안고 토닥인다. 아이에게는 아무 말도 하지 않는다. 케메! 따뜻한 물수건 좀 해다 주고. 연지! 요 밖 냉장고에서 물 좀 가져다줘. 여자가 어쩔

줄 모르고 멀뚱히 서 있는 사람들에게 일을 하나씩 맡긴다. 남자는 물수건을 만들어 오고 여자아이는 침실 앞 거실 공간에 놓인 조그만 냉장고를 열어 물을 가져온다. 여자는 남자아이에게 물을 먹이고 찬 수건으로 아이의 얼굴과 손을 닦아준다. 이제 아이의 울음은 흐느낌으로 잦아든다.

남자는 여자가 아이를 다루고 위로하는 방법을 신기한 듯 본다. 아이를 키워본 적이 없는 그는 여자가 하는 행동이 경이롭다. 어린아이를 키워보지 않은 것은 그녀도 그와 다를 바 없다. 낳아놓기만 하고 돌보지 못했다. 아마 여자들 속성 중의 하나인 모성일 것이다. 모성이란 말은 식상하지만, 식상한 만큼 진실에 가깝다는 뜻이기도 하다. 그녀는 최근 아이를 돌보는 일을 모자라지도 넘치지도 않게 했다. 아이의 마음이 돼서 아이를 바라봤다. 연지를 만나지 못하는 동안 가끔 만났던 유재를 볼 때도 지금 아이가 원하는 게 뭘까 그런 생각을 먼저 했다.

이제 자자. 여자는 흐느끼는 아이를 침대에 누인다. 모두 엉겁결에 빠져나온 각자의 침대 속으로 다시 들어간다. 한밤중 작은 소요는 곧 흔적도 없이 사라진다. 그들은 해가 떠서 그 빛이 보트하우스 창을 뚫고 깊숙이 들어올 때까지 잔다. 마치 한밤중 작은 소요로 잃어버린 시간을 보충하겠다는 듯 모두 깊은 잠에 빠진다.

남자는 아치 모양의 나무문을 연다. 오랜만에 문이 열린 듯 나무문이 삐걱거린다. 아침 햇살이 열린 문으로 순식간에 몰려들어간다. 그래도 안은 컴컴하다. 그가 안으로 들어가서 전기 스위치를 올리고 보트의 덮개를 벗긴다. 하얀 보트가 빛나는 몸체를 드러낸다. 보트를 본 남자아이는 흥분해서 입을 벌리고 다물지 못한다. 늘 차분한 아이인데 배를 보느라고 이리저리 옮겨 다닌다. 배 뒤에 붙은 커다란 엔진에 관심이 많아 보인다.

"유재, 연지! 배를 밖으로 끌어내야 하니까 저기 선반에 있는 구명조끼 가지고 먼저 나가 있어."

아이들은 질질 끌고 나간 조끼를 풀밭에 내려놓고 다시 들어온다.

"왜?"

왜 들어왔냐고 남자가 묻는다.

"도와드리려고요."

"괜찮아, 기계로 할 거니까. 연지, 엄마가 짐 가지고 나올 거 있을 거야."

아이들은 집으로 들어간다.

지난달에 와서 보트를 맡겨 점검했다. 남자는 보트를 끌어내면서 혼자서 보트를 능숙하게 다루던 엄마 생각을 잠시

한다. 아주 잠깐이다. 배는 나무 레일을 따라 물가로 내려간다. 어린 그를 세워놓고 강에 배를 띄우고 다시 집어넣고 하던 그녀다. 마히캔턱이란 말을 알려주고 낯설고 단순한 음률을 읊조리던 그녀는 그를 보트에 태우고 이 강을 오르내렸고 강의 양옆 산에 올랐으며 계곡을 따라 걸었다. 아가. 이것 들고 나가. 물가 가까이 가지 말고. 네 눈엔 모든 게 담겨 있구나. 엄마는 조끼 두 개를 주면서 뜬금없는 말을 하기도 했다. 어린 소년은 구명조끼를 끌고 나가 강가에 서 있었다.

여자는 간식과 물이 담긴 가방을 보트에 싣는다. 남자아이는 햇살에 눈이 부시는지 눈을 찡그린다. 유재야, 모자 써. 여자는 모자를 건넨다. 아이가 들고 온 모자다. 어제 정성스럽게 챙을 만지며 모양을 잡던 그 모자다. 유재는 메츠를 응원해? 여자가 모자에 붙은 로고를 보고 슬쩍 묻는다. 아이가 네, 라고 대답한다. 특별히 좋은 이유가 있어? 사람들이 양키즈 더 좋아하고 메츠는 별로 안 좋아하고 또 맨날 지니까. 유재는 마음이 따뜻한 사람이구나. 여자는 남자아이에게 그렇게 말하고 여자아이를 본다. 조그만 아이는 벌써 밀짚모자를 쓰고 아이들이 쓰는 선글라스까지 끼고 있다. 그녀는 낳아놓기만 하고 떼어놓아 저절로 자란 듯한 아이가 신기할 때가 있는데 지금처럼 너무 재빠를 때다. 영악한 면도 언뜻언뜻 보인다. 엄마 성품에 아이를 차별해 키우진 않으셨을 것이다. 나도 이렇게 잘 키워주셨는데, 누굴 닮은 걸까. 그녀는 아이의 가계도를 그려본다. 그이의 부모는 어리숙할 정도로 순한 사람들이다. 그렇다면 내 쪽일까. 아이가 어디선가 태어날 때부터 받은 성정이라고 생각하다가 물속 무덤을 떠올린다.

남자아이는 배에 오르지도 않고 뒤의 엔진만 이리 보고 저리 보고 있다. 배도 관심이 남다른 것인가. 탈것에 관심이 있는 것인지 모든 엔진을 좋아하는 것인지 알 수 없다. 남자가 배에 오르자 아이는 할 수 없다는 듯 배에 오른다. 아이는 뒤쪽에 앉더니 여전히 엔진에 관심을 쏟는다. 비행기 엔진과 보트의 엔진이 유사한지 생각해보지만 여자의 지식으론 답을 찾지 못한다. 아이가 엔진 근처에서 맴돈다. 여전히 목에 건 카메라는 왼손으로 붙잡고 있다. 유재! 거기 위험해. 남자가 기겁하고 아이를 불러 자리에 앉으라고 한다. 순한 아이가 거부의사를 밝힌다. 가만히 있겠다는 다짐까지 하면서. 향아! 유재 데려다 자리에 앉게 해. 그 말이 떨어지자 할 수 없다는 생각이 들었는지 아이는 앞으로 와 여자아이 옆에 앉는다.

출발하기 전, 남자가 아이에게 사진기 좀 보자고 한다. 아이는 어제저녁처럼 카메라를 한 손으로 가린다. 방수용인가 보려고 그래. 방수용이 아니면 집에 놓고 가든가 아니면 매우 조심해야 해. 물이 닿으면 안 되잖아. 빨리 달리면 물이 튀기기도 하니까. 소년은 마지못해 그에게 목에 건 사진기를 건넨다. 남자는 카메라를 이리저리 살펴본다. 물속에 빠뜨리지만 않으면 괜찮아. 그래도 조심해. 웃으면서 소년에게 카메라를 돌려준다.

남자는 배를 몰고 강으로 나간다. 가운데로 나가 강을 거슬러 올라간다. 여자와 아이들이 풍경을 잘 볼 수 있게 느린 속도를 유지한다.

"유재 아빠는 어떻게 돌아가신 거야?"

"미시즈 장이 말을 안 해서 나도 몰라."

"어제 유재가 말하는 거 보면 파일럿이었다 비행기 사고로 돌아가신 거 같은데……"

"그럼 안다만인가?"

"안다만?"

"미얀마 옆 바다에 추락했다는 비행기가 있어. 유재 나이로 보면 맞을 거 같은데. 기장은 나이가 많을 테니 부기장이었을 거야."

"가능성이 크네."

"저 아래 한국 사찰이 있는데 미시즈 장이 그곳에서 제사를 지내."

"제사?"

"일종의 메모리얼 서비스를 매년 사망한 날에 하는 거야. 보통은 집에서 지내는데 미시즈 장은 재혼했으니 집에서 하기 그래서 절에서 하는 거고."

"그럼 연지 아빠는?"

"안 해."

"왜?"

"그냥."

여자는 시큰둥하게 대답한다.

"가족이 지낸다고 들었어."

그녀가 미안한 듯 덧붙인다.

"여기가 어디예요?"

높게 걸린 다리 밑을 지날 때 남자아이가 물었다. 남자와 여자의 대화가 끊긴다.

"포킵시."

남자가 말한다.

"포낍씨? 뽀낍씨?"

여자아이가 따라 한다. 마히캔턱을 따라 했을 때처럼 과장된 입 모양을 한다. 그런 행위가 즐거운 듯 아이는 뽀낍씨 뽀낍씨 하고 반복한다.

"유뿌꾸 이뻬 싱이라고 불렸지. 이 근처에 살던 원주민 와핑저족이 부르던 이름이야. 백인들이 따라 하다가 발음을 잘 못해서 포킵시가 됐다고 해. 유뿌꾸 이뻬 싱은 갈대밭에 앉은 사람들, 갈대밭에 모인 사람들이란 뜻이라고. 아마 모여서 회의를 하는 곳이라는 의미가 아닐까 그렇게 생각한다는 사람도 있고 또 물가의 갈대밭 오두막이라고 하는 사람도 있고. 정확한 걸 누가 알겠어. 전에 북미 원주민에 관한 수업을 들은 적이 있는데 아주 복잡해."

"그래도 어떻게 유뿌꾸 이삐 싱이 포킵시가 됐을까? 전혀 다른 말처럼 들리는데……"

여자가 갸우뚱한다.

"원래 모든 사람은 자신의 방식대로 받아들이고 자신이 편하면 그걸로 만족하는 성향이 있잖아. 포킵시라고 불렀다고 해서 그들이 눈치 볼 상대도 없었을 텐데 뭐."

그가 배를 왼쪽으로 붙인다. 깊은 숲이 가까이 나타난다. 여자는 그의 비밀스러운 냉소가 마치 저 깊은 숲 같다고 생각한다. 해가 중천에 뜬 이 시간도 숲은 깊고 그늘지고 서늘해 보인다. 그 안에 집이 뜨문뜨문 있다. 배는 한참 강을 거슬러 오르다 왼쪽으로 나타나는 강을 지나서 방향을 바꾼다. 집으로 돌아오기 위해 유턴을 한다.

"미스터 캠벨, 저 강 이름은 뭐예요?"

여자아이가 손가락을 들어 대각선으로 만나는 강을 가리켰다. 아까 지나친 강이다.

"모확이라고 해."

"모확?"

"모확이란 이로쾨 연맹의 한 부족 이름이야. 부싯돌 사람들이라는 뜻이 있으니 불의 사람들이란 뜻이라고 봐도 되겠지. 이 강을 마히캔턱이라 부르는 사람들은 물의 사람들이고. 모히칸이란 뜻은 영원히 멈추지 않는 물의 사람들이란 뜻이니까."

"그럼 이 강도 마히캔턱이라고 불러야지 왜 허드슨이라고 불러요?"

여자아이가 묻는다.

"응, 그건 영국의 헨리 허드슨이란 탐험가가 이 강을 발견하고 탐사했대. 그래서 그의 이름을 붙였나 봐. 책에서 봤어."

남자아이가 말한다.

"원래 이름이 있는데 허드슨강이라고 이름을 붙이는 것도 나쁘지. 여기 살았던 사람들, 즉 남의 것을 빼앗아 내 것이라고 정당화하려고 하는 거니까. 허드슨은 강을 오르내리며 원주민과 교역도 하던 사람이야. 에베레스트, 히말라야의 다른 봉우리들처럼 에베레스트도 원래 이름이 있는데 그것도 티베트에서 부르는 이름, 네팔에서 부르는 이름이 각각 다 있는데 왜 식민지 인도에 온 영국 측량 기사가 마음대로 에베레스트란 이름을 붙이지?"

남자가 나직한 소리로 말한다.

"예를 들자면 우리나라 백두산처럼 중국은 장백산이라

부르고 우린 백두산이라고 부르는데, 일본 놈들이 우리나라를 강제로 통치했을 때 백두산에 백두산도 아니고 장백산도 아닌 다른 이름을 붙였는데 그 이름이 공용화됐다는 거네.”

여자가 거든다. 남자는 여자가 일본 사람에게 붙이는 비속어를 듣고 웃는다. 그녀가 그런 말을 사용하는 것을 처음 듣는다. 그도 두 나라의 관계를 조금은 안다.

“그래도 일본은 그 산에 이름은 안 붙였나 봐.”

“붙였는지 안 붙였는지는 모르겠는데, 붙였어도 세계 공용으로 쓰지 않으면 되지.”

남자가 냉소를 보일 때 여자는 적개심을 드러낸다. 냉소는 싸울 수 없을 때 쓰이고 적개심은 싸울 수 있을 때 쓰인다.

“아저씨, 이 강이 마히캔턱이지요?”

여자아이가 남자에게 묻는다.

“그렇지. 연지가 잘 아네. ‘양방향으로 흐르는 강’이라는 뜻이야.”

“난 처음 듣는데 연지는 어떻게 알아?”

여자가 운전 중인 남자와 뒤에 앉은 여자아이를 번갈아 보면서 말한다.

“지난겨울에 연지하고 이야기했지. 그때 그들은 과학이라는 지식이 없어도 체험으로 알고 있던 거지. 바다와 만나는 하구는 들어오는 조류를 따라 물이 반대로 흐른다는 것을. 그래서 강이 양쪽으로 흐른다는 거지.”

“겨울에 우리 같이 갔던 데 그 사람들이 이 강을 마히캔턱이라고 부르던 사람들이에요?”

“아니, 남은 사람들이 합류했으니까 그렇게 부를 수도 있지만, 원래는 아니야. 거기는 이로쿼 연맹이야.”

“그 사람들은 ‘절대 멈추지 않는 강의 사람들’이란 이름으로 자신들을 불렀고 그렇게 불리길 원했어. 모히칸, 마히칸 등으로 불렸지.”

그가 속도를 올려 배는 물이 흐르는 방향을 따라 강 표면을 나는 듯이 가고 있다.

“유재, 사진 많이 찍었어?”

“네, 다 찍었어요.”

“그럼 유재는 안 찍혔겠네. 내가 찍어줄게.”

남자가 아이에게 카메라를 달라고 한다.

집이 보이기 시작하자 캠벨 아저씨는 배의 속도를 낮췄어. 숲으로 둘러싸인 집이 점점 가까워졌어. 배는 커브를 틀면서 멋진 곡선을 그렸지. 그리고 집 앞으로 천천히 미끄러져 들어갔어. 작게 보이던 집이 순식간에 커졌어. 캠벨 아저씨는 우리 모두를 내리지 말라고 하고 보트하우스를 배경으로 앉게 했어. 캠벨 아저씨는 유재의 카메라로 사진을 찍었어. 그리고 유재의 카메라를 운전대 앞에 타이머를 맞춰 얹었어. 배가 움직일까 봐 조심했지만 물론 배는 기우뚱거렸지. 그는 엄마 옆 나와 유재 뒤에 앉았어. 우리는 셔터가 닫히는 소리를 듣지 못했지만, 그는 들었나 봐. 그는 또 우리를 강을 배경으로 앉게 했어. 배는 기둥에 묶였고 기둥 위 평평한 곳에 카메라가 놓였어. 그렇게 보트하우스를 배경으로 또 강과 강 건너 숲을 배경으로 찍힌 우리는 얼핏 보면 마치 한 가족 같았어. 굳이 누군가 사진 속 인물을 자세히 살펴보고 가족이라고 보기에 이상한 점을 찾아내지 않는다면 말이야. 유재의 아빠가 아직 태어나지도 않은 아이에게 남기고 간 카메라는 그렇게 우리 모두를 가족처럼 사진으로 기록하는 데 성공했어. 그 사진은 어떻게 보면 사기 같고 좀 과장해서 보자면 숭고한 인류애의 상징 같았어.

그날, 배는 강가에 묶였어. 배가 물결 따라 조금씩 움직였어. 엄마가 왜 배를 안으로 들여놓지 않느냐고 캠벨 아저씨에게 물었어. 내일 또 탈 거니까,라고 그가 대답했어. 겨울이나 태풍이 오거나 오래 보트하우스를 비울 때가 아니면 강가에 매두어도 된다고 설명했어. 엄마가 그 이야기를 듣더니 그제야 이해하는 것처럼 고개를 끄덕였어.

캠벨 아저씨와 엄마가 파스타를 먹는 동안 유재와 나는 피자를 먹었어. 물론 엄마가 작은 접시를 달라고 해서 유재와 내 앞에 파스타를 덜어놓았어. 엄마와 아저씨가 거품이 오르는 맥주를 마시는 동안, 유재와 나는 거품이 일어나는 탄산수를 마셨어. 코를 알싸하게 하는 그 음료를 마시면 피자를 먹을 때의 목멤이 뻥 뚫렸어.

우리가 피자를 먹으러 시내에 있는 피자집에 다녀오는 동안 하얀 배는 혼자 물 위에서 놀았어. 배는 우리가 자는 시간에도 밤새 어두운 강물 위에서 혼자 놀았어. 배는 잔잔한 강물 위에서 마치 요람에 누워 있는 것처럼 흔들렸을 거야. 강으로 튀어나온 데크가 내려오는 강물의 흐름을 차단한 안쪽 기둥에 묶여서 배는 안전했어. 강물이 요람처럼 배를 흔들어 자장가가 없어도 스르르 잠이 들었을 거야. 아기들이 타는 그네를 보면 알 수 있잖아. 그 요람 같은 강물 위에 누우면 심심하진 않을 거야. 밤하늘에 달이 밝게 떴거나 반짝이는 별이 우수수 떨어지는 걸 보면 되니까. 나는 그렇게 혼자 있는 하얀 배를 생각하면서 잠이 들었어. 잠결인지 엄마가 일어나 아래층으로 내려가는 소리를 들은 것 같았지만 내 눈은 감겨 있었어. 나는 못 들은 척 그냥 잠 속으로 떨어졌어. 아마 배를 타느라 너무 고단해서 그랬을 거야. 오늘은 유재도 깨지 않고 잘 자는 걸까. 내일은 맨해튼 쪽으로 간다고 했어. 빌딩 숲을 본다는 거야. 우리가 사는 곳도 가본다고 했어. 그다음 날은 캠핑하러 갈 거라고 했고. 텐트에서 잘 거라고 해서 유재와 나는 너무 흥분했어. 텐트 속에서 자는 건 처음이거든. 유재가 자기도 처음이라고 내 귀에 대고 말했어.

남자가 텐트를 치기 시작한다. 캠핑장은 통나무로 만든 오두막과 텐트를 칠 수 있는 야영장, 그리고 캠핑카라고 불리는 여행용 차를 대는 세 구역으로 나누어져 있다. 그는 텐트를 칠 수 있는 야영장에 자리를 얻었다. 그가 텐트가 들어 있는 긴 가방을 차에서 내린다. 그는 가방의 지퍼를 열어 안에 있던 것을 꺼내서 차례로 늘어놓는다. 여자아이와 남자아이는 남자의 옆에 서서 흥미롭게 지켜보고 있다. 여자는 그사이 가벼운 물건들을 차에서 들고 온다.

"그 텐트, 넷이 다 잘 수 있어?"

물건을 내려놓고 여자도 아이들과 함께 남자가 하는 일을 지켜보며 묻는다.

"그럼! 이거 8인용이야. 가운데를 나눌 수도 있어. 방이 두 개야."

남자가 고개도 들지 않고 말한다. 아이들은 남자가 시키는 대로 지지대를 붙잡아주었고 직사각형 텐트는 어렵지 않게 올라간다. 비가 올지 몰라서 비가 텐트 밖으로 떨어지도록 텐트 위에 지붕 같은 비닐도 친다. 텐트 안으로 들어간 아이들은 미스터 캠벨의 말처럼 천장에서 천이 내려온 것을 본다. 텐트

와 같은 재질의 천은 텐트 안을 딱 반으로 나눈다. 남자는 성급하게 텐트 안으로 들어간 아이들을 잠깐 텐트 밖으로 나오게 한다. 습기 방지용 매트를 바닥에 깐다. 텐트 안에 슬리핑백과 베개가 들어간다. 아이들이 텐트 안에서 뛰고 눕고 뒹굴며 깔깔거린다.

남자는 오래된 도구를 가지고 식사를 만든다. 산에선 해가 있을 때 밥을 먹어야 한다. 달그락거리는 코펠과 접시, 컵과 수저도 지나간 시간을 뚫고 나온 듯하다. 여자가 신기한 듯 이것저것 만져본다.

"캠핑을 많이 다녔나 봐?"

"좀 다닌 편이지. 이건 엄마가 쓰던 거야. 어릴 때부터 혼자 가기도 하셨고 날 데리고 가기도 하셨고."

"무섭지 않으셨을까?"

"그래서 총을 갖고 다니신 거지. 호신용으로."

"그렇게 총까지 가지고 다니셔야 하는데 왜 굳이 혼자 다니신 걸까?"

"엄마 자신이 아니면 누가 알겠어? 그리고 안다고 해도 누가 이해를 하겠어?"

남자의 말은 점잖았지만, 그만의 방식으로 방어하는 방법임을 여자는 잘 안다. 이제 더 묻지 말라는 암시를 담고 있다. 여자는 거기서 말을 접는다. 자신이 타인의 방문을 허락하지 않는 영역이 있는 것처럼 남자도 마찬가지일 것이다. 사실 남자에 비해서 여자가 치는 울타리가 더 높다는 자각이 들기 때문이다.

장작은 다 탄 것 같은데도 완전하게 꺼질 때까지 시간이 걸린다. 남자는 불 앞에 앉아 불이 다 꺼지길 기다린다. 옆에서 졸고 있던 여자는 텐트 안으로 들어간다. 그만, 물 붓고 들어와. 여자가 텐트 앞에서 뒤를 돌아보며 말한다. 오늘은 조금 흐린 날이다. 바람도 없다. 남자는 하늘을 올려다본다. 별은 나왔지만 눈부시게 밝지도 쏟아질 것 같지도 않다. 검은 숲은 움직이지 않는다. 바람이 없으니 숲에서 나는 냄새도 없다.

엄마는 모닥불 앞에서 무릎에 아이를 앉히고 머리 위까지 내려온 별들의 이야기를 들려주었다. 숲과 바람의 소리를 들어보라고 하던 엄마는 소년이 잠들 때까지 노래를 불러줬다. 아이는 그 모음으로 된 단순한 가락의 노래를 들으면서 잠이 들었다. 소년이 깨어났을 때 날은 밝았고 그는 텐트 안에 누워 있었다. 어린 소년은 침낭에서 빠져나와 텐트 밖으로 나갔다. 케메! 깼어? 세면장에 가서 샤워하고 와. 혼자서 할 수 있지? 엄마가 같이 갈까? 소년은 괜찮다고 혼자 가겠다고 했다. 그럼 엄만 아침 준비해놓을게. 사람 많으면 양치하고 세수만 하고 그냥 와. 아침 먹고 엄마가 씻겨줄게. 그땐 샤워장도 한가할 거야. 하지만 엄마는 곧 생각을 바꿔 자리에서 일어났다. 어린 소년의 손을 잡고 세면장으로 갔다.

엄마는 소년의 볼에 키스하고 소년도 엄마의 볼에 입을 맞췄다. 소년은 볼에 키스하고 나서 자신의 얼굴을 들여다보는 엄마의 푸른 눈을 보았다. 네가 할아버지 눈을 닮았구나. 엄마는 그렇게 말했다. 네가 태어났을 때 알았지만 사람들이 성장하면서 변한다고 해서 단정하진 않았는데, 할아버지 눈을 닮은 게 확실하구나. 그 할아버지가 나에겐 당신의 자유로운 영혼을 주었고 너에게는 다른 사람을 끌어당기는 이렇게 깊은 영혼이 담긴 눈을 주었어. 엄마는 어린 소년이 잘 이해하지 못하는 말을 중얼거렸다. 어떤 할아버지? 소년이 물었다. 저 위에…… 엄마는 턱을 조금 들어 하늘을 가리키면서 그렇게만 말했다.

그날부터였을까. 소년은 그 할아버지 생각을 종종 했다. 엄마가 그냥 할아버지라고 했기 때문에 자세한 건 모르지만 자신의 눈과 닮은 눈을 가진 할아버지, 모든 사람의 영혼을 잡아당기는 영혼이 담긴 깊은 눈을 자신에게 주었다는 할아버지를 마음속에 간직했다. 그런 소년의 마음속에서 할아버지는 사람의 모습이 아니라 타오르는 태양 같은 빛의 모습으로 존재했다.

엄마와 소년은 보트하우스 안으로 들어갔다. 배를 빌려주는 곳이었다. 방학이라 보트하우스 안에 손님이 많아 일하는 청년들은 모두 바빴다. 여름방학에 아르바이트하는 청년들이었다. 그녀는 그늘진 곳에서도 검은 선글라스를 벗지 않았다. 선글라스가 미처 다 가리지 못한 피부가 창백해서 그 대비가 더 뚜렷했다. 소년은 엄마의 치마를 한 손으로 붙잡았다. 가끔 엄마가 아이의 머리를 가볍게 만지거나 동그란 머리통을 애무했다. 엄마의 손은 여름 한낮에도 서늘했다. 엄마가 청년을 따라 나갔다. 구명조끼 두 개와 노란색 노를 건네받았다. 엄마는 조끼 하나를 소년에게 대보더니 청년에게 너무 크다고 말했다. 청년이 작은 치수의 조끼를 가져왔다. 엄마는 소년에게 조끼를 건넸다. 혼자 입어봐. 소년은 조끼를 받아 입었다. 엄마도 조끼를 입었다.

청년이 파란색 카누를 강에 띄워놓았다. 주황색 구명조끼를 입은 엄마는 노란색 노를 들고 서 있다. 엄마는 노란색 노를 잠시 바닥에 내려놓고 아이가 입은 주황색 구명조끼의 잠금장치를 열었다가 다시 채웠다. 엄마가 채울 때마다 딱 소리가 났다. 그리고 잘 잠겼는지 당기면서 점검했다. 아가, 케메, 잘 안 먹는구나, 엄마 때문이지. 엄만 얕은 한숨을 쉬었다. 소아과에 가봐야겠다. 나이보다 키도 작고 마른 것이 자신 때문이라고 자책하는 모습이었다. 소년이 먼저 배에 타고 엄마가 탔다. 자작나무로 만든 카누는 아니지만 타보자꾸나. 엄마가 혼잣말하듯 중얼거렸다. 소년은 엄마가 이렇게 혼자서 중얼거릴 때마다 혼란스럽다. 자신에게 이야기하는 것인지 혼자 이야기하는 것인지 구분하기 힘들었다.

배는 강을 타고 내려갔다. 강을 따라 내려가는 것이니 엄마는 방향만 잡으면 됐다. 어디 가? 소년이 물었다. 저기 아래. 오래 가? 아니. 왜? 무서워. 무섭긴! 엄마가 있는데, 물을 내려다보지 말고 엄마를 봐. 또 양옆에 숲을 보고, 그냥 움직이는 배의 리듬을 즐겨. 알았지! 케메! 알았지? 케메! 응? 케메! 엄마가 소년을 부르는 소리가 메아리처럼 사방에서 들렸다.

엄마와 소년은 카누에서 내려 보트하우스 회사의 차를 탔다. 먼저 내린 사람들이 차에 타고 있었다. 엄마와 소년이 차에 오르자 문이 닫혔다. 옆에 카누를 실은 트럭이 먼저 떠났다. 차는 배를 탔던 보트하우스로 올라가고 있다. 앞에서 달려가는 트럭에 강가에서 걷어 온 색색의 카누가 포개져 있다. 엄마와 소년이 타고 온 카누는 위에서 두번째에 엎어져 있다. 엄마는 가방에서 사과 하나를 꺼내 반으로 쪼개서 소년에게 건넸다. 사과는 셨다. 소년은 조금 먹다 말았다. 엄마는 가방에서 하얀 수건과 물통을 꺼내 물을 묻힌 다음 소년의 끈끈한 입과 손을 닦아주었다. 보트하우스 주차장에 놓아둔 차는 뜨거웠다. 엄마는 소년을 옆에 태우고 벨트를 매준 다음 의자를 뒤로 조금 젖혔다. 케메, 자. 캠핑장에 갈 때까지 자. 차창에 햇빛에 반짝이는 나무들이 스쳐갔다. 소년은 창을 보다 눈을 스르

르 감았다.

남자는 다 꺼져가는 불 앞에 앉아 있다. 자신을 케메!라고 부르던 엄마의 목소리가 사라지지 않는다. 남자는 오늘 엄마가 말한 그 할아버지를 어두운 숲에 버린다. 그에게 빛으로 존재했던 할아버지가 어두운 숲에서도 빛을 발하는지 알 수 없다. 뒤돌아보지 않았기 때문이다. 남자는 여자가 잠든 텐트 안으로 들어가 구석에 눕는다. 그리고 눈을 감는다.

텐트에서 잔 첫날, 보트하우스에서 일어난 일들은 누구에게도 일어나지 않아 모두 낯선 곳에서 깊은 잠을 잔다. 아무도 꿈을 꾸지 않는지 자다가 깨는 사람도 없다. 멀지 않은 곳에 큰 호수가 있고 물이 힘차게 떨어져 커다란 소를 만들어내는 폭포도 있다는데 거리 때문에 전혀 영향력이 없는 것일까. 역시 보트하우스가 너무 강가에 붙은 탓일 거야, 모두 그런 생각을 한다.

그들은 텐트를 그대로 두고 하이킹을 하러 간다. 물가 옆 식당에서 점심을 먹고 다 도는 데 한 시간이 넘게 걸리는 큰 호숫가를 돌고 폭포가 있는 곳까지 걸어가 폭포 위에서 시커먼 소를 내려다본다. 아래로 내려와서 소 가까이 갔지만, 물속에 들어가지 않는다. 그날도 모두 잠을 잘 자고 아무 일 없이 일어난다. 밖으로 내색은 하지 않았지만, 모두 보트하우스를 의심하기 시작한다.

캠핑장에서 보트하우스로 돌아온다. 모두 식당에 가는 것도 귀찮을 만큼 고단하다. 야외에서 사는 건 이렇게 고단한 일이라는 데 동의한다. 짐만 창고에 넣고 어른들도 아이들도 쓰러져 잠이 든다. 그들은 배가 고파 일어난다. 이미 어둡다. 여자는 집에서 올 때 가져와 냉동고에 얼려놓은 피자 두 판 중 한 판을 꺼낸다. 아이들이 둘이나 되고 초여름이라 밖으로 많이 돌아다닐 것이라 여자가 비상용으로 준비했다. 카드는 안 되고 현금만 받아도 길게 줄을 서서 기다리는 피자집에서 주문한 것이다. 모두 잠이 덜 깨서 대화도 없이 데운 피자를 먹고 다시 잠이 든다.

남자와 남자아이가 한밤중 잠에서 깬다. 또 꿈을 꾸었다. 불도 피우지 않았는데 왜 꿈을 꾸었을까. 물이 가까워서? 남자는 눈도 뜨지 않은 채 묻는다. 물어도 알 수 없는 일이다. 남자는 자리에 그대로 있다. 그는 아래층으로 내려가지 않는다. 남자아이도 울지 않는다. 장작불도 지피지 않고 우유도 데우지 않는다. 그들은 새벽에 다시 잠이 든다.

보트하우스에서 돌아오고 난 며칠 후, 유재 엄마 미시즈 장이 우리 집에 들렀어. 점심때쯤이었을 거야. 나는 유재는 왜 안 왔는지 물었어. 짧은 파마머리를 하고 진주 귀걸이를 한 아줌마는 유재가 누나와 함께 극장에 갔다고 하셨어. 유재의 누나 마리는 고등학생이야. 아줌마가 유재를 데리고 미스터 장과 재혼했을 때 초등학교 3학년에 다니고 있었다고 했어. 아빠 혼자 키워서 여기저기 표가 났다고 해. 아줌마 눈에 마리가 안쓰러워서 잘해주었지만, 마리도 아줌마도 많이 힘들었던 모양이야. 그 시간이 지나고 이제는 괜찮다고 아줌마가 그랬어. 미시즈 장이 선을 넘지 않으면서 잘 챙겨주었고 이야기를 들어주는 방향으로 나아갔더니 어려운 시간이 지나고 마리는 자연스럽게 아줌마에게 의지했다고 해.

난 아줌마에게 유재가 디즈니 만화 「노트르담의 꼽추」를 보러 간 거냐고 물었어. 아줌만 그때 당황해서 연지도 같이 갈 걸 그랬어 하고 말했어. 아줌마가 생각을 못 했네 하며 아주 미안해했어. 아줌마는 정말 미안해하면서 다음엔 꼭 연지를 부르겠다고 했어. 엄마가 당황했어. 엄마가 데리고 간다고 달랬지만 배반감이나 소외감을 느꼈던 건 사실이야. 이건 그동안 근원을 알 수 없던 나의 서러움 더미에 불을 붙이는 방아쇠가 됐어.

그날따라 아줌마와 엄마가 대화를 오래 나눴어. 아줌마가 가져온 신선한 생선회와 청주를 식탁에 놓고 여자들은 대낮부터 잔을 주거니 받거니 했어. 엄마가 웬 술이냐고 물었어. 아줌마가 지난겨울에 절에서 제사 지내고 남은 거 달라고 해서 가져왔다고 말했어. 술 먹는 사람도 없고 먹는다고 해도 이 술은 내놓고 마시기도 그렇고 요리에나 쓰잖아요. 아줌마가 푸념하듯이 말했어. 연지 아빠 제사는요? 아줌마가 자그만 하얀 술잔을 입에 털어 넣으며 엄마에게 물었어. 연지 할머니네서 지냈는데, 연지 할머니 돌아가시고 나선 어떻게 됐는지 잘 몰라요. 큰집에서 요절한 시동생 제사를 지내겠어요? 그렇죠! 아줌마는 혀가 말리기 시작했어. 술 취하기 시작한 건 아닐까 싶어 약간 걱정이 됐어. 지내는지 안 지내는지 확실히 모르는데 그냥 안 지내지 싶어요. 엄마가 화제를 바꾸려는 듯 유재가 밤에 깨서 울었다는 이야기를 시작했어. 아줌마는 유재에게 들었다고 했어. 엄마가 꿈 이야기를 들어봤냐고 물었어. 아줌마는 고개를 끄덕였어. 사실 유재가 아빠에 대해서 자꾸 물어서 내가 간단하게 이야기를 해줬더니 그런 꿈을 꿨나 봐요. 술 탓인지 마음이 아픈 탓인지 유재네 아줌마의 얼굴이 일그러졌어. 유재도 말하지 않기에 난 그냥 안 물어봤어요. 엄마가 아줌마에게 그렇게 말했어. 엄마는 나는 내용을 모르니 아줌마에게 이야기해달라고 돌려서 말하는 거였어.

유재 꿈에…… 아줌마가 이야기를 시작했어.

유재가 넓은 바다에서 헤엄을 쳤어. 자신은 이미 아이가 아니고 다 큰 형인데 초록색 바닷물이 너무 맑아서 바닥이 다 보이는 물을 한참 들여다봤다고 해. 유재가 그날따라 아줌마가 끼고 있던 에메랄드 반지를 가리키며 이런 색이라고 말했다고 했어. 그리고 수영하는 사람들이 아주 많았는데 젊은 형인 자기만 빼고 다 어른인 것 같았다고 말했어. 멀지 않은 해변 너머에 육지가 펼쳐졌는데 찬란한 빛이 막 퍼져 나와서 헤엄을 쳐서 가까이 갔더니 정말 커다란 황금 동상이 있었다고 했어. 햇빛을 받아서 그 황금 동상의 주위는 물론 멀리까지 막 빛났고 동상은 사람 같아 보이긴 하는데 자신은 처음 봐서 누군지 모른다고 했어. 그런데 하늘이 어두워지더니 수영하는 사람들의 얼굴과 몸에서 살이 한 점씩 떨어져나가기 시작했다는 거야. 거기서부터 어린 유재의 얼굴은 공포로 일그러지기 시작해서 아줌마는 유재를 꼭 안아주었다고 해. 유재는 너무 무서워서 꿈속에서 눈을 감았는데도 그 광경이 다 보이더라는 거야. 눈을 감은 게 아무 소용이 없었다는 거지. 헤엄을 치던 사람들이 무서운 속도로 살이 다 떨어지고 뼈만 남아서 결국 해골이 됐는데, 뼈만 남은 사람들이 그렇게 어두운 바닷속으로 가라앉았다고.

무슨 동상이 노랗다고 하는데 아이가 잘 몰라서 표현을 그렇게 한 거 같았어요. 불상 같아요. 제사 지낼 때 유재를 데려가지 않아서 아이도 불상이 뭔지 모르긴 하는데 그 바다 옆이 미얀마잖아요. 아줌마는 그 바다라고 표현했어. 유재가 거기가 어딘지 모를 텐데 어떻게 그런 꿈을 꾸었을까요? 엄마가 의아한 표정으로 물었어. 나도 그 생각을 했어요. 그 사람도 물 꿈을 꾸던데. 그 집이 강가에 바로 붙어서 그런지! 엄마가 더 혼란스러운 얼굴로 말했어. 집에선 그런 일 없어요? 지금까지는 없어요. 엄마와 아줌마의 얼굴이 술 삼킬 때처럼 찌푸린 얼굴이 됐어.

엄만 유재가 그 바다가 어딘지 모를 텐데 어떻게 그런 꿈을 꿀 수 있냐고 의문을 품었어. 아줌만 술 탓인지 심각하게 받아들이지 않을래요, 했어. 그냥 꿈인데 뭐…… 그러면서 술잔에 술을 더 채웠어.

엄마와 아줌마가 정종을 데워 회를 먹고 있는 사이 나는 아줌마가 내 몫으로 가져온 소금구이한 큰 새우를 먹고 있었어. 엄마는 찬밥을 전자레인지에 데워서 주었고, 난 냉장고에서 오이소박이가 담겨 있는 유리 반찬통을 꺼내 왔어.

어머, 연지가 한국에서 커서 밥하고 김치를 좋아하는구나! 할머니 안 보고 싶어? 그녀가 느닷없이 그렇게 물었는데 왜 눈물이 나왔는지 몰라. 나는 아직 내 감정과 싸울 준비가 되어 있지 않았어. 그래서 대답 대신 눈물이 먼저 나왔어. 엄마는 그날 한국행 비행기 표 두 장을 예약했어.

엄마는 미국에 오고 나서 처음 한국에 가는 거였어. 나는 미국에 올 때도 목에 이름표를 걸고 혼자서 왔어. 승무원 언니가 다 챙겨주었지만 애써 무시해도 부모와 같이 탄 아이들을 다 무시하기는 쉽지 않았어. 내가 밖으로 나오니 많은 사람이 모여서 출구에서 나오는 사람들을 보고 있었어. 그 사람들 속에서 한 번도 실제로 본 적이 없는 엄마를 찾는다는 건 쉬운 일이 아니야. 엄마가 떠날 땐 내가 아기였으니까. 엄마가 보이지 않았어. 사실 사진으로만 보고 가끔 전화기로 대화를 한 엄마를 한 덩어리로 모여 있는 사람들 속에서 빨리 알아보는 건 불가능했어. 내 짐을 끌고 날 어른에게 인계해야 하는 아저씨와 나는 사람들을 따라 천천히 걸었어. 나는 내 이름표를 목에 걸고 있었고 엄마의 이름과 주소와 전화번호를 적은 것도 따로 가지고 있었어. 우린 어떻게 해야 하는지 몰라서 뒤에서 나오는 사람들을 방해하지 않는 출구 옆에 서서 가만히 기다렸어. 어디선가 여자가 나와서 내 앞에 섰어. 연지야! 그렇게 부르는데 엄마 얼굴에서 눈물이 마구 쏟아졌어. 엄마가 울자 나도 울었어. 엄만 아저씨에게 영어로 뭐라고 말한 다음 짐을 넘겨받았고 일단 나를 데리고 의자에 앉았어. 엄만 나를 무릎에 앉히고 꼭 끌어안았어. 감정을 어느 정도 추슬렀는지 엄마는 나를 데리고 공항 밖으로 나갔어. 택시 기사 아저씨는 차 트렁크에 내 짐을 실었고 엄마와 나는 차에 올랐어. 엄마는 차가 없다고 했어. 전부 빌딩만 있는 곳이라 주차가 어렵고 엄마가 일하는 학교가 멀지 않은 곳에 살아서 걷거나 대중교통을 이용한다고 했어. 다른 곳에 갈 땐 전철도 타고 버스도 타고 택시도 탄다고.

노란 택시를 모는 기사는 엄마와 나를 빌딩 앞에 내려놓고 갔어. 건물은 아무리 깨끗하게 해도 오래된 시간을 숨길 수는 없었어. 엄만 나를 데려오기 위해 이 방 두 개짜리 아파트를 얻었다고 했어. 이전에는 유재 아빠 미스터 장이 가지고 있는 스튜디오에 세를 살았다고 했어. 스튜디오는 길 쪽으로 난 게 아니라 뒤쪽이라 다른 빌딩들이 창문을 가려서 햇볕이 잘 들지 않았대. 방이 따로 없는 그런 걸 스튜디오라고 한다고 엄마가 말했어. 서울 할머니에게 잘 왔다고 전화를 했어. 엄마에 대한 기억이 하나도 없는 나는 모든 게 서먹했지만 잘 참았어. 저녁을 먹은 뒤 엄만 나를 목욕을 시켜주었고 백화점에서 샀다는 잠옷을 입혀 엄마 침대에서 날 재웠어. 천장부터 하얀 베일을 두른 내 방의 침대는 오래 비어 있게 됐어. 사실 난 계속 할머니와 같이 잤기 때문에 혼자 자는 게 무섭긴 해. 할머닌 맨날 나를 우리 강아지 우리 강아지 하면서 안아주고는 했어.

엄마와 난 쉽게 잠이 오지 않아 이런저런 이야기를 했지만, 대화는 이어지지 않고 자꾸 끊겼어. 나는 어렸고 기억에도 없는 엄마가 서먹하고 어색했어. 오자마자 할머니에게 가고 싶었어. 시간이 좀 걸리겠지. 떨어져 있던 시간만큼 긴 시간이 필요할 거야. 엄마도 아기일 때 떼어놓고 온 내가 그렇게 많이 컸으니 낯선 건 마찬가지일 텐데,라고 나를 위로했어.

비행기표를 산 엄만 원래 조만간 가려고 한 건데 조금 당기는 거라고 했어. 세상일이 뜻대로 되는 건 아니니까. 엄마가 말했어. 맞아, 엄마가 내가 태어나지도 않았는데 아빠가 그렇게 세상을 떠날 거라고 생각이나 했겠어. 겨우 걷기 시작하는 날 두고 공부하러 비행기를 탈 거라고 누가 예측을 했겠냐고.

엄마와 난 한국에 갈 준비를 했어. 한인 타운에 있는 여행사에 들러서 항공권을 받고 우린 설렁탕 전문 식당에 들어갔어. 엄마, 여기 서울 같아! 내가 주위를 둘러보며 말했어. 그래. 얼른 먹어. 더워서 이런 거 먹어야 해. 엄마가 두리번거리는 내게 말했어.

식사를 마치고 설렁탕집 건너편에 있는 선물 가게로 들어갔어. 한국 사람들이 좋아하는 물품이 다 있어서 우리처럼 한국에 갈 때나 한국에서 여행 온 사람들이 들렀다 가는 곳이라고 했어. 엄만 삼단으로 접혀 손바닥만 해서 여자들 가방에 넣을 수 있는 양산 두 개를 들었어. 꽃무늬가 화려한 양산이야. 물론 꽃무늬 색깔이나 패턴은 달랐어. 누구 줄 건데? 할머니. 두 개 다? 응. 잘 망가질 거 같아서. 망가지면 또 쓰시라고. 연지야, 아빠 할머니 살아 계셨으면 좋았을 것을. 아무것도 못 해드렸네. 엄마의 쓸쓸한 어조는 쇼핑을 다 끝내고 건너편 한국 베이커리에서 빙수를 먹을 때까지도 우리를 우울하게 했어.

엄만 수저로 얼음과 콩고물과 팥 앙금과 내 손톱만 한 찹쌀떡을 섞으면서 양주 할머니가 참 좋으신 분이라고 말했어. 한 번도 남의 이야기를 나쁘게 하신 적도 없고 화내시는 걸 못 봤다고. 처음 할머니를 뵀을 때 사슴 생각이 났다고. 그런 느낌이 들었다고. 난 어려서 엄마가 하는 이야기를 이해하지 못했어. 그런 할머니가 과수원에 숨어서 우시는 걸 봤다고. 엄마가 엄마의 슬픔에 겨워 할머니의 슬픔을 못 보고 위로해드리지 못했다고. 이런 것들은 왜 돌아가시고 나서야 생각이 나는지 모르겠다고.

내가 보고 싶다고 오셨다가 집으로 가실 때의 할머니가 생각이 났어. 사실 내가 양주에 가서 열 밤쯤 자고 온 지 몇 달 안 됐을 때야. 할머니가 갑자기 오셔서 외할머니도 놀라셨어. 할머닌 서울에서 열린 친척 결혼식에 참석하고 내가 보고 싶어 오셨다고 했어. 큰아빠 차에 오르던 할머니의 마지막 모습을 나도 기억해. 아가, 아가 하며 내 손을 쥐고 당신의 얼굴에 가져다 대던 할머니. 내 모습에 있는 아빠의 모습이 보고 싶어서 오신 할머니. 아빠도 없는데 엄마와 떨어져 사는 내가 안쓰러워 할머니는 결국 눈물을 보이셨고 가방에서 봉투를 꺼내 내 손에 쥐여주셨어. 그리고 두어 달 후 할머닌 돌아가셨어. 외할머니는 봉투를 열어 보시고 안사돈이 돌아가실 걸 알았던 거 같다고 했어. 외할머니는 봉투에 엄마 이름이 적혀 있어서 뜯지 않았다고 했어. 나중에 양주 할머니가 돌아가시고 엄마와 통화하고 나서 그 봉투를 열었어. 그 봉투엔 할머니가 엄마에게 쓴 짧은 편지와 수표가 들어 있었어. 우리 지향이에게,라고 시작하는 양주 할머니의 편지를 읽고 외할머니가 우셨어. 작은아들, 그러니까 아빠가 결혼하면 집 마련해줄 때 쓰려고 조금씩 모은 돈이니 연지 데리고 살 때 긴요하게 쓰라고 돼 있었어. 외할머니는 엄마와 내가 갔을 때 그 돈과 외할아버지가 마련한 돈을 합쳐서 엄마에게 건넸어. 연지 할머니가 네게 남기고 간 거다. 이건 네 아버지가 눈감기 전에 너 주라고 한 것이고. 애 데리고 여기저기 이사 다니지 말고 집 사는 데 사용하라며 엄마에게 건넸어.

그 식당은 센트럴파크 5번가에 있었어. 성당이나 교회 건물이 식당으로 바뀐 모양이야. 외부는 여전히 성당 같았어. 엄마와 그 프렌치 레스토랑에 도착했을 때 캠벨 아저씨는 벌써 와 있었어. 식사는 맛있기는 했지만, 양이 나 같은 어린아이나 먹을 만큼 작았어. 엄마와 캠벨 아저씨는 식사하면서 결혼식 이야기를 하는 것 같았어. 포도주 한 병을 다 비울 때쯤 우린 자리에서 일어났어. 셋은 같이 택시를 탔고 먼저 북쪽 끝쪽에 있는 우리 빌딩 앞에서 엄마와 내가 내렸어. 엄마가 올라가서 차를 마시고 가라고 했지만, 그는 내일 아침 일찍 회의가 있다며 다음에 하자고 했어. 그가 엄마와 나를 차례로 포옹했어. 한국에 잘 다녀오라며 손을 흔들고 다시 택시에 올랐어. 그를 태운 택시가 출발했어. 노란 택시는 우리가 시선을 떼기도 전에 바로 우회전을 했어. 강변도로를 타고 내려가야 하니까. 엄마가 말했어. 아저씨와 우리가 위아래로 긴 섬의 끝과 끝에서 살고 있다고. 그날 나는 다 접으면 수첩처럼 생긴 뉴욕시 지도를 죽 펼치고 맨해튼 북쪽 우리가 사는 인우드와 캠벨 아저씨가 사는 남쪽 끝 배터리파크를 찾아봤어. 지도에서도 두 곳은 정말 멀었어. 어린 내 눈에 도저히 닿을 수 없을 것같이 멀어 보였어.

두 사람

주방에 젊은 여자와 남자가 함께 있다. 20여 년 전, 그 안에 있던 남녀보다 젊고 주방을 들락거리며 냉장고를 여는 아이들도 없지만, 흡사 그 남녀 같다. 주방 구조도 그때와 다름이 없지만, 장은 교체됐다. 캐비닛이 바뀌었네! 오프블랙에 베이지색 상판을 얹은 캐비닛을 보면서 여자가 말한다. 어떻게 그런 걸 다 기억해? 남자가 묻는다. 빈티지블루의 캐비닛에서 이런 검은색으로 바뀌었는데 기억이 안 나? 장의 가장자리에 들어간 금색 줄과 금색 손잡이를 손으로 만져보면서 여자가 묻는다. 그래도 20년이 넘었는데. 남자는 머리를 흔든다. 넌 한 번 왔지만 난 두 번 왔잖아. 아무리 그래도 그 어린 나이에 세세하게 기억을 한다는 게 더 이상하지. 하지만 머문 시간도 어린 나이도 중요한 문제가 아님을 여자도 남자도 안다. 남자는 이 집에서 자신이 어떤 알 수 없는 영역을 만났다는 것만 기억한다. 그건 처음 만난 낯설고 두려운 영역이었다. 그것이 두려웠던 건 실체가 아닌 꿈의 영역이기 때문이다. 꿈이지만 무시할 수도 없다는 것이 더 두려웠다. 그래서였을까. 그 외의 것들은 기억나지 않는다.

그러나 두려운 꿈도 전체적인 핵심은 아닐 것이다. 여자는 그가 그냥 그렇게 생겼다고 생각한다. 타고나길 그렇게 타고났다는 뜻이다. 남자는 본인이 열중하는 일 외에 다른 것은 마음에 없다. 열중하는 일의 작업이 끝나면 그것조차 공백이 된다. 일상에서 여러 상황이나 풍경을 만나도 두드러지는 어떤 것만 기억할 뿐이다. 시간이 지나면 그것마저 기억에서 사라진다. 그는 항상 여백을 준비하는 사람이며 여백이 준비된 사람이다. 늘 새로운 것을 담을 준비가 돼 있는 사람이다. 여자는 지저분한 여러 기억을 버리지 못하고 끌어안고 사는 자신보다 훨씬 낫다고 생각한다. 쓸데없이 기억력만 발달했다고 여자는 중얼거린다.

주방의 전자제품도 모두 새로운 것이다. 하긴 세월이 얼마나 많이 지났는데, 적어도 두 번은 갈아야 했을 것이다. 그때 주방에서 브로콜리수프를 끓이던 남자는 이미 떠났고 베이컨을 굽던 여자는 병이 들었다.

여자는 장을 열고 제일 큰 냄비를 꺼낸다. 냉장고를 열고 집에서 가져온 식재료를 넣던 남자가 의아한 표정으로 여자를 쳐다본다. 물 좀 끓일까 해서. 여자는 남자에게 냄비를 흔들어 보인다. 왜? 냉장고 문을 닫으며 남자가 묻는다. 비어 있었나 봐. 냉기가 있어. 장작 때면 되잖아? 남자가 조심스럽게 말한다. 가을이라 건조하잖아. 여자는 짧게 대답한다. 하지만 그녀도 물을 끓이는 것이 건조한 공기에 얼마나 도움이 될지 알 수 없다. 더구나 집은 2천 제곱피트가 넘는다.

남자는 모든 게 조심스럽다. 표정도 몸의 동작도 말도 주의 깊어 느리고, 언뜻언뜻 경계심도 나타났다 사라진다. 여자는 냄비를 개수대에 넣고 물을 받는다. 그녀는 남자와 다르게 반응이 빠르다. 머리로 들어가서 생각을 만들어내는 것보다 그것이 밖으로 나오는 행위가 더 화려하고 빛나는 사람이다. 장작을 땐다는 말에 두 사람은 동일인인 한 사람을 떠올린다. 그에 대한 두 사람의 기억은 다르지만 이렇게 교집합도 있다. 집 안에서나 밖에서나 그를 불 피우는 사람으로 기억하는 건 교집합일 것이다.

"같이 가."

장작을 담는 철제 들통의 손잡이를 쥐고 그가 말한다. 여자는 왜? 하고 말하려다 그만둔다. 어린 유재가 이 집에서 한밤중에 큰 소리를 지르며 자는 사람들을 모두 깨웠던 기억을 떠올린다. 괜히 이곳으로 오자고 했나, 그의 뒤를 따라가면서 생각한다. 배가 있는 창고로 가는 통로로 들어선다. 여자는 스위치를 발견하고 불을 켠다. 전깃불 아래서 하얀 보트가 모습을 드러낸다. 배는 아직도 그때와 같은 덮개를 덮고 있다. 그때 그 밴가, 지금은 누가 주인일까. 둘 다 그 하얀 보트를 타고 저 위까지 올라갔다 온 오래된 기억을 떠올린다. 언뜻 보기에 마치 한 가족 같았던 그때 말이다.

장작은 배가 있는 선실 옆에 있다. 통풍을 위해서 높게 달린 일자형 창문이 있긴 하지만 전체적으로 어두컴컴하다. 여자는 들통을 들고 서 있다. 장작은 마켓에서 파는 쪼갠 장작 몇 개씩을 비닐로 묶은 것이다. 네 개! 남자는 여자의 말대로 네 묶음을 들통에 넣는다. 장작 옆에 있는 불쏘시개용 신문지를 몇 장 집어 구겨 넣는다. 들통을 남자에게 건넨 여자는 장작 묶음 두 개를 손으로 들고 앞선 남자의 뒤를 따라간다.

"이거 계산은 어떻게 하는 거지?"

"몇 개 썼다고 말하면 알아서 계산하겠지. 원래 남아 있던 것을 세어놓았을 거야. 아니면 서비스일 수도 있고."

그는 어느 특정한 부분만 잘 아는 사람이다. 컴퓨터 일을 했고 지금은 사진과 글을 써서 발표한다. 돌아가신 아빠처럼 비행기를 몰겠다고 했던 소년은 비행기를 몰지 않는다. 구글에서 일한 것은 그의 엄마의 뜻이었고 지금 하는 일은 그의 뜻이다. 그 외의 일상적인 일에는 그저 서툴다.

그녀는 그에게 왜 고액 연봉의 컴퓨터 일을 그만두었는지 물은 적이 없다. 따라서 지금은 왜 생활하기도 빠듯하면서 그렇게 고생하는지 물은 적도 없다.

"저녁에 식당에 갈까?"

"갈비 재운 거랑 김치 있는데 그거 먹어. 내일 미스터 캠벨이 우리 데리고 갔던 그 집 아직도 있나 가보자. 난 그 집 햄버거 생각이 자주 났어."

"어딘지 기억나?"

"강가에 있던 식당이잖아. 저 아래로 내려가면 돼."

"근처에 기차역 있었던 것 같아."

"그래, 기차역! 기차역은 기억하네. 기차에 엔진이 달려서? 그 기차는 엔진으로 움직이는 거 아닐걸. 전기로 가는 거 아냐?"

"전기로 가도 전기를 동력으로 변환하는 모터가 있어야 움직이지! 기차에 전기만 넣으면 기차가 움직이나? 전동기가 있어야 마력이 생기는 거지."

마치 저 모퉁이에 홀로 서서 사라질 것 같은 시간을 소환하며 그들은 웃는다.

"교수님도 오시면 좋았을걸."

"몇 번 물었는데 안 간다고 해서. 보트하우스에 간다고 한 건 아니고 저 위에 간다고 했어. 보스턴에서 아줌마 오셨어.

엄마 친구."

남자는 가끔 학교 앞에서 자신을 기다리던 사람, 연지 엄마를 기억한다. 그의 집에서는 서 교수, 또는 연지 엄마로 번갈아가며 적당히 불리는 그녀에 대해서는 늘 그 기억이 먼저다. 모르는 사람이 선생님께 말했다. 장유재를 데리러 왔다고. 선생님은 유재 엄마의 연락을 받았다고 친절하게 말했다. 아이였던 그는 먼저 그녀의 손을 잡았다. 그는 그런 아이가 아니었다. 화장하지 않은 얼굴은 핏기도 없고 해를 거의 못 본 것처럼 창백했으나, 그 파리한 얼굴에 눈만 반짝거렸다. 여자는 아이의 가방을 받아 어깨에 메고 그의 작은 손을 잡고 걸어가면서, 자신의 이름이 지향이라고 했다. 서지향. 네 이름은? 그의 이름을 알 텐데 그녀는 모르는 것처럼 물었다. 장유재요. 이름이 아주 멋있구나. 진짜 이름은 성유재요. 진짜 아빠는 저 태어나기도 전에 돌아가셨는데 그 전에 지어놓은 이름이래요. 비행기 운전했는데 그게 떨어졌대요. 그랬구나! 그녀는 그 말만 했다. 아이는 아빠가 멋있는 사람이라는 말을 기대했을까. 여자의 반응에 조금은 실망한 듯한 표정을 지었다. 아줌마가 오늘은 집에서 쉬고 있었는데 이렇게 유재를 데리러 오게 되었네. 엄마가 아주 바쁘대. 아빠가 바깥일을 보러 가게를 비워서 엄마가 가게를 지켜야 하니까. 대신 여자는 자신이 아이를 데리러 오게 된 경위를 설명했다.

어린아이는 자신의 속 이야기를 처음 본 사람에게 했다. 그 누구에게도 해본 적이 없는 이야기다. 무엇 때문에 그랬을까. 돌이켜 생각해보면 처음 본 사람을 신뢰했다는 말이다. 어린아이였으니 어떤 분석적인 이유보다 무의식적으로 느끼는 신뢰였을 것이다.

"이제 약물 치료는 다 끝난 거야?"

불을 피우며 남자가 묻는다.

"중간에 상태를 더 살펴봐야 하지만 일단은 끝났어."

그녀는 아이를 데리고 작고 허름한 스튜디오로 갔다. 아주 작았다. 아이의 아빠가 가지고 있던 것으로 그녀가 세를 든 것이었다. 그녀는 아이에게 구운 소시지와 파인애플, 청포도를 간식으로 주었다. 청포도는 알알이 떼어 씻어서 주었다. 엄마는 늘 포도를 송이째 주었기 때문에 기억에 남았다. 그녀의 침대 옆에는 한 여자아이의 사진과 젊은 남자의 사진이 있었다. 아이는 말을 하지 않고 손가락으로 여자아이 사진을 가리켰다. 소파에 앉아서 책을 보고 있던 그녀는 아줌마 딸! 서울에 있어. 유재보다 조금 어려. 그렇게 대답했다. 이름이 뭐예요? 연지. 언제 와요? 아줌마 공부 다 끝나고 돈 벌면. 언제요? 아줌마도 잘 몰라. 유재, 숙제 없어? 네. 오늘 없어요. 책 볼게요. 아이는 늘 가방에 넣고 다니는 비행기 책을 꺼냈다. 하늘에 계신 아빠는 어떤 비행기를 몬 거야? 아이는 책을 앞쪽으로 넘기더니 비행기 모델을 금방 찾아서 그녀에게 보여주었다. 아직도 비행기하고 사람들 못 찾았대요. 아니 안 찾는대요. 바다 밑에 비행기하고 사람들이 있을 거래요. 그런 이야긴 어디서 들었어? 어른들 이야기할 때 들었어요. 엄마하고 아빠가? 아니요. 가게에서 일하는 주씨 아저씨하고 엄마하고 하는 이야기 들었어요. 파스타를 만들어 의자가 두 개뿐인 작은 식탁에서 저녁을 먹었다. 연지는 아빠 있어요? 아니! 유재 아빠하고 같은 곳에 있어. 그럼 연지는 누구하고 있어요? 할머니! 나도 할머니 있어요. 둘 아니 셋이요. 아이는 검지와 중지를 펴다가 엄지까지 펴 보인다.

장작은 활활 타오르고 스토브에 올려놓은 물은 줄어서 여자는 물을 더 붓기 위해 일어난다. 남자는 낮은 스툴을 불 앞에 놓고 앉아 있다.

"내일 강으로 갈래? 숲으로 갈래?"

얼굴을 돌리지도 않은 채 그가 묻는다.

"사진 찍는다며? 난 아무래도 좋으니까 네 마음대로 해."

여자가 말한다.

"아무 데나 가도 괜찮아. 가지 않은 데는 그다음 날 가면 되지. 사진은 핑계고 여기 한번 와보고 싶었어."

"왜 오고 싶었는데?"

"그냥!"

"나도 그랬어. 장작불 사그라지면 고구마 집어넣자."

"고구마도 가져왔어?"

"집에 있는 거 들고 왔어. 네 개."

여자가 엄지손가락만 펴지 않은 손을 들어 보인다.

"두 번이나 먹겠네."

남자가 웃는다.

"햇고구마래."

여자가 또 실없이 웃는다.

그들은 모닥불을 피우고 강가에서 저녁을 먹을까 하다가 저녁은 안에서 먹고 후식을 들고 베란다로 나갔다. 강 건너, 노랗고 빨간 숲 위로 노을이 오고 있다. 새 떼는 어디로 갔는지 보이지 않는다. 차를 다 마시자 강을 향해서 나란히 놓인 선베드에 비스듬히 누웠다. 여자는 두꺼운 숄을 걸치고, 남자는 패딩 조끼를 입었다.

"연지야, 우리 이 집 살까?"

"왜?"

"가끔 이렇게 다녀가면 좋잖아."

"팔겠다고 해야 사지. 이렇게 집을 빌려주고 있는데. 지금 누가 소유하고 있는지 모르지만, 부동산 마켓에 나온다고 해도 강 바로 앞이라 가격도 생각보다 높을걸. 집도 큰 편이고 대지도 넓잖아."

"그렇겠지. 캠벨 아저씨 부모나 형제들이 가지고 있는 걸까?"

"안 팔았다면 아저씨가 갖고 있겠지, 아저씨 건데. 그때도 아저씨 거 아니었어? 아저씨가 관리하는 건 아니고 어디 관리해주는 데다 맡겼던 거 같던데. 내 이름으로 예약했으니 날까 의심했을 텐데. 네가 예약했어도 마찬가지로 그 유재일까 하고 궁금하지 않았을까? 관리하는 곳에 맡겨서 모르는 모양이야."

"정말 몰라?"

남자는 미스터리한 얼굴을 하고 묻는다.

"뭘?"

여자는 투명한 표정으로 묻는다. 남자는 여자가 정말 모르고 있다고 확신한다.

"교수님이 이야기 안 했나 봐!"

"뭘 얘기 안 했다는 건데?"

"캠벨 아저씨 돌아가셨잖아."

"돌아가셨다고?"

"정말 몰랐나 봐."

"몰랐어."

여자는 아직 실감이 나지 않는 표정이다.

"돌아가셨다면 언제? 왜?"

"우리가 오월 말에 방학하고 유월 초에 여기 다녀갔잖아. 그러니까 그해 여름인 거지……"

"난 그때 엄마랑 한국에 갔다 왔는데. 언제야?"

"아마 칠월 중순쯤일 거야."

"그럼 돌아오고 난 다음인데."

"왜?"

"사고로……"

"무슨 사고?"

"비행기 사고."

그는 갑자기 벌떡 일어나 집 안으로 들어간다. 심각한 대화가 끊겼다. 또 이런 황당한 짓을…… 한두 번 겪은 건 아니지만 여자는 못마땅한 표정이다. 그는 포도주와 치즈와 살라미를 갖다 놓고 다시 집 안으로 들어간다. 이번엔 거대한 렌즈를 장착한 카메라를 들고나온다. 또 작업하려는 모양이다. 뭐라고 말할 기회도 없어졌다. 건너편 숲과 하늘에 대고 카메라를 올렸다 내렸다 한다. 여자는 고개를 돌려 딴 세계로 가 있는 듯한 그의 옆모습을 바라본다. 그의 작업은 노을이 저 너머로 사라질 때까지 계속됐다. 낮에 노란 은행잎이 폭신한 융단처럼 쌓인 숲에서 미친 듯이 사진을 찍어댔는데 아직 다 끝나지 않은 모양이다.

"교수님은 왜 너에게 말하지 않았을까?"

그제야 카메라를 내려놓으며 남자가 말한다. 그래도 아예 잊어버리지는 않은 모양이다.

"엄만 왜 내게 말하지 않았을까?"

"너무 어려서? 죽음을 이해하지 못해서?"

"아빠도 돌아가셨는데, 뭐. 캠벨 아저씨도 돌아가시니 아빠를 갖지 못한 내가 가여워서?"

"집에 가면 여쭤봐. 정확한 건 교수님이 아시겠지."

"안 물어볼 거 같아. 얘기하고 싶지 않은 뭔가가 있었을 텐데 뭐 하러 물어봐! 엄마가 먼저 이야기하면 모를까!"

"그렇긴 해. 몸도 안 좋으신데. 혹시 너한테 얘기했다고 착각하고 계시는 거 아닐까?"

"그게 더 그럴싸하네."

남자는 다시 카메라를 들고 여기저기에 렌즈를 대본다.

"혹시 비행기 떨어진 데가 롱아일랜드 맞아? 남쪽?"

"응, 이스트모리셔스. 햄프턴 근처. 케네디 공항에서 이륙한 비행기가 10분 좀 넘어서 폭발하면서 추락했어. 파리 거쳐서 로마로 가는 비행기."

"엄마가 그때 나 데리고 거기 갔었어."

"그랬어?"

"그날은 엄마가 우는 거 못 봤는데…… 아, 며칠 지나서

울었어. 울지도 않는데 엄마의 부은 눈에서 계속 눈물이 흘렀어. 밤새 울었다는 거지. 엄만 당황해서 왜 이러는지 모르겠다고 하고."

"그때까지 아직 실감이 안 나셨나 보네. 어둡다. 이제 들어가자."

그들은 안으로 들어와 베란다 문을 잠갔다. 남자는 벽난로의 재를 긁어내고 장작에 불을 붙인다.

"어두워지니 금방 추워지네."

"가을이니까!"

"아까 하던 이야기 해."

"기억에…… 앞으로 죽 뻗은 길을 한참을 운전하다가 왜 농원 같은 데 있잖아. 단순한 꽃집이 아니고 조경에 필요한 거 파는 데. 큰 나무도 팔고, 화분도 팔고 꽃도 팔고 비료도 파는 큰 데, 거기에 차를 세웠어. 엄마와 나는 화원 안으로 들어갔어. 밖이 너무 밝아서 꽃집 안이 어두컴컴했지. 엄마와 난 아무도 없는 화원에서 기다렸어. 아무도 나타나지 않는 거야. 여기저기 기웃거리던 엄마가 카운터 위에 작은 종을 발견하고 땡 쳤어. 그걸 칠 때까지도 엄마와 난 긴가민가했어. 그런데 조금 후 뒤쪽 문이 열리고 앞치마를 두른 사람이 나왔어. 엄마와 난 우리가 친 종소리를 따라 직원이 나오는 걸 보고 조금 기뻤을지도 몰라. 엄마 성격에 하염없이 기다리거나 그냥 포기하고 가거나 둘 중의 하나였을 거야. 엄만 유리 장 안에 있는 꽃을 손가락으로 가리켰어. 주인인지 직원인지 모를 나이가 지긋한 여자는 쇼케이스 유리문을 열고 하얀 꽃만 꺼냈어. 엄마가 가리킨 게 모두 하얀 꽃이었으니까. 모양은 다 다른 꽃이지. 모두 다르게 생긴 하얀 꽃들을 모아 쥐고 꽃집 여자는 엄마에게 보여주었어. 만족하냐는 뜻이었지. 그 하얀 꽃들을 검은 리본으로 묶었어. 그리고 비닐로 싸려고 하자 엄마가 그냥 달라고 했어. 아, 부케 중앙에 검은 술이 달린 크고 둥근 꽃잎이 있어서 내가 이 꽃은 이름이 뭐냐고 물었던 거 같아. 엄마가 아네모네라고 했어. 마치 하얀 꽃들이 다 모인 것 같았어. 엄만 검은 리본으로 묶인 그 꽃다발을 내가 앉은 뒷좌석에 놓았어. 엄마 옆 좌석엔 햇빛이 강렬했거든. 검은색 가죽 위에 놓인 하얀 꽃은 당연히 인상 깊었지. 검은 리본이 흘러내려 의자 아래로 떨어졌어. 그 꽃다발이 시간이 지난 지금도 뚜렷하게 기억나. 어린아이인 내 눈에도 인상 깊었나 봐."

"교수님은 그 꽃다발을 바다에 던지셨겠지!"

"아니."

"그럼?"

"꽃을 들고 엄마 손을 잡고 바다 중앙으로 뻗어 나온 방파제로 걸어갔어. 방파제 끝에 도달했을 때 우린 그냥 바다를 봤어. 하늘과 바다가 맞닿은 것밖에 보이는 게 없었어. 파도가 몰려와 방파제를 때렸어. 파도가 내가 들고 있는 하얀 꽃 같은 포말을 일으키며 우리에게 달려들었지. 멀리 배가 지나가는 게 보였어. 그리고 방파제를 걸어 나올 때쯤 꽃다발은 엄마 손에 들려 있었어."

"그럼 집으로 가져오신 거야?"

"응. 왜 마음이 변했는지 모르겠어. 분명히 다른 사람들처럼 바다에 던지려고 했던 거 같은데. 그 꽃은 다 질 때까지 우리 집에 있었어. 엄마 침실에. 엄마 침대에서 잤기 때문에 똑똑하게 기억해. 엄마가 언제 버렸는지는 기억에 없지만, 커다란 크리스털 꽃병에 꽂혀 있던 건 기억나. 오래 가게 하려고 그랬을까! 엄마가 물에 얼음 조각을 넣었던 것도 기억해. 여름이었잖아."

그들의 옛날이야기가 무르익어갈수록 장작의 불길은 힘을 잃고 차가운 공기가 세력을 더한다. 지나간 시간은 소환해도 그때뿐이다. 용수철처럼 잡아당기면 나왔다가 손을 놓으면 제자리로 돌아간다. 남자는 마지막 불길을 보고 있다. 오늘도 꿈을 꾸려나! 그는 자리에서 일어나 아무것도 보이지 않는 밖을 내다본다. 완벽한 어둠을 촬영할 방법은 없을까. 빛이 있어야만 형상이 카메라에 담기니 완벽한 어둠의 실체는 촬영이 불가능하다. 어둠이 사진으로 찍혔다면 그건 완벽한 어둠이 아니라는 뜻이다. 그가 그렇게 창가에 서 있을 때 여자는 자신의 침실로 들어간다.

난 그때 엄마가 일하는 학교에서 만든 여름학교에 다니고 있었을 거야. 아침에 가서 오후에 집에 오는 거지. 방학 때 열리는 몇 주짜리 프로그램으로 박물관, 화랑, 식물원, 동물원 등에 자주 견학을 하러 갔어.

그즈음 내가 곧 알게 된 것은 엄마가 밤에 일어나 앉아 있거나 서성인다는 거야. 가끔 내가 말해도 모르고 있기도 했어. 하지만 장을 보고 청소를 하고 음식도 만들고 달라진 게 없었어. 나를 데리고 근처 공원으로 가벼운 피크닉을 가기도 하고 브롱크스 동물원에도 갔기 때문에 무슨 큰일이 생겼다고 생각하긴 힘들었어. 너무 더운 날엔 도서관으로 피서를 가기도 했어.

조금 일렀지만 가을 학기도 준비했어. 엄마는 나를 데리고 문구용품과 다른 필요한 걸 사러 갔어. 새 옷과 운동화와 구두도 샀어. 우비는 원래 좀 넉넉한 크기라 그냥 입을 수 있었지만, 장화가 작아져서 새 장화도 샀어. 또 노란 장화를 사겠냐고 엄마가 물었어. 난 보라색 장화를 사겠다고 했어. 엄마는 보라색 장화를 카트에 담았어.

어느 날 엄만 갑자기 간단한 점심을 만들었어. 렌트한 차에 도시락을 싣고 우리는 출발했어.

"어디 가?"

아마도 지겨워서 그렇게 물었을 거야. 차는 빌딩이 많고 복잡한 길을 벗어나 다리를 건너고 차들이 미친 듯이 달리는 고속도로를 달린 지 30분이 지났어.

"바다."

엄마가 약간 코맹맹이 소리를 냈어. 에어컨 때문인가? 너무 추운 탓에 켰다 끄기를 반복했어.

"수영복 안 가져왔잖아?"

"오늘은 보기만 할 거야."

"왜?"

엄마는 아무 대답도 하지 않았어. 지루한 나는 꽃이 몇 송인지 셌어. 자꾸 헛갈려서 몇 번을 다시 셌어. 꽃은 다 다른 종류인데 다 하얀색이야. 꽃을 묶은 검은색 리본이 길어서 검은 가죽 의자 위에서 흘러내렸어. 꽃집 아줌마는 왜 저렇게 리본을 길게 잘랐을까. 결국 꽃을 세는 데 실패했어. 차는 오른쪽으로 난 길로 빠져나갔어. 이제 신호등이 나왔어. 그리고 차는 번갈아가며 좌회전과 우회전을 했어. 네거리에서 신호등을 기다리기도 하면서 낮은 건물을 지나갔어. 엄마와 내가 사는 곳에 있는 높은 빌딩이 여기선 보이지 않아.

차는 드디어 드넓은 주차장에 섰어. 얼마나 넓은지 이렇게 넓은 주차장은 처음 본 거 같아. 해가 지글지글 끓어. 햇볕으로부터 한 뼘의 숨을 곳도 없는 곳이야. 엄마는 깔개와 점심을 넣어 온 아이스박스를 들고 내게 꽃을 들고 따라오라고 했어. 우리는 모래사장에 깔개를 폈어. 난 도시락을 맛있게 먹었지. 엄마는 입맛이 없는지 반 넘게 남겼고 힘든지 누웠어. 옆을 가리키며 연지야 누워, 그랬어. 엄마가 팔을 내주었어. 나는 엄마의 팔에 내 머리를 뉘었어. 소매가 없는 원피스를 입은 엄마의 팔이 벌써 붉었어. 피부가 하얀 편이라 금방 탔어. 엄마가 내 피부는 아빠를 닮은 모양이라고 말했어. 우리는 나란히 하늘을 보고 누웠어. 내가 도화지에 그리는 하늘처럼 파란 하늘에 솜 같은 하얀 구름이 흘러갔어. 난 엄마를 안고 싶어 돌아누웠어. 엄마 선글라스의 다리 아래, 눈물 같은 것이 반짝이며 흘러내려 귀 뒤로 사라졌어. 닦아주고 싶었지만 난 못 본 체했어. 왠지 그래야 할 거 같았어. 날 의식했는지 엄마가 왼손으로 눈물을 닦았어. 햇살이 약혼반지의 다이아몬드 알 위에서 긴 섬광처럼 퍼져나갔어.

엄만 내게 꽃을 들고 따라오라고 했어. 엄마는 앞서가다 갑자기 뒤를 돌아보더니 하얀 꽃을 든 나를 몇 컷 찍었어. 노랗고 까만 코닥 일회용 카메라야. 엄마는 다른 손으로 내 손을 잡았어. 우린 방파제로 걸어갔어. 그 끝을 향해 걸었어. 엄마는 진한 올리브색 쪼리를 신고 있었는데 걸을 때마다 콘크리트 바닥을 치는 소리가 났어. 난 쿠션이 좋은 샌들을 신어서 소리가 나지 않았어. 우린 방파제 끝에 서서 그냥 바다를 봤어. 파도가 방파제를 때렸어. 난 깜짝 놀라 뒷걸음질을 쳤어. 엄마가 조금 웃었어. 난 엄마가 웃어서 좋았어. 엄마가 날 바다 앞에 세워놓고 또 사진을 찍었어. 내 밀짚모자 모양을 다시 잡아주고 꽃을 조금 올려서 들라고 했어. 이 사진 찍어서 할머니한테 보내자. 웃어봐! 그랬어. 난 사진이 잘 나오도록 표정을 잡으려고 노력했어. 할머니가 내 찡그린 얼굴을 보고 싶어하지는 않으실 거니까.

"연지가 사진 좀 찍을 수 있을까? 요 안에 눈을 대고 봐. 네모난 거 보이지. 그 안에 찍고 싶은 걸 넣고 단추를 누르면 돼. 엄마가 꽃을 들고 있는 것 찍어. 머리 자르지 말고."

엄마는 내게 사진기를 주고 꽃을 가져갔어. 사진기는 가벼웠어. 난 하얀 꽃다발을 든 엄마를 찍었어. 몇 컷 찍었을 거야. 마침 우리처럼 방파제로 나온 사람이 있어서 엄마와 내가 같이 들어간 사진을 찍어달라고 부탁했어. 엄마는 다리를 구부리고 꽃다발을 앞으로 오게 했어. 엄마도 나도 사진이 잘 나왔으면 좋겠다고 생각했어. 꽃을 들고 다른 손으로 내 손을 잡은 엄마는 방파제를 걸어 나와 차로 갔어. 꽃다발은 다시 내 옆에 놓였어. 엄마는 올 때 약속했던 아이스크림을 사러 아이스크림집 앞에 차를 세웠어. 난 색색의 스프링클 토핑이 뿌려진 바닐라아이스크림을 먹고 곧 무거운 눈꺼풀을 감았어.

여자는 소파에 앉아서 소파의 꽃무늬를 내려다본다. 검은 캐비닛에 꽃무늬 소파라니! 감각이 뛰어난 여자가 주인인가! 그때 있었던 가죽 소파를 떠올린다. 포도주색 가죽 소파. 여자는 꽃무늬 소파의 천을 손으로 어루만지면서 캠벨 아저씨를 생각한다. 그 새벽, 가죽 소파 아래로 드러난 네 개의 발, 엄마가 사랑했다는 그의 목덜미. 알 수 없는 노래를 부르던 목소리, 황금 테의 라이방 선글라스, 새를 부르던 멋진 휘파람, 그가 만든 브로콜리수프, 타는 불길의 일렁임에 더 입체적인 그의 얼굴이 슬라이드처럼 지나간다. 어른이 된 여자는 엄마가 더는 약혼반지를 끼지 않는 걸 알았다. 언제부터 그랬는지 모르지만, 여자가 본 건 이탈리아에서 돌아왔을 때였다. 이제 세월이 많이 지났잖아. 더구나 결혼한 것도 아니고 약혼만 한 건데. 엄만 그렇게 말했다. 그때도 여자는 아저씨가 엄마를 떠난 것으로 생각했다. 눈치가 좀 있었다면 떠난 남자의 반지를 왜 끼고 있었냐고 물어봤을 것이다. 눈치 없는 여자는 엄만 아저씨 어디가 그렇게 좋았어 하고 물었다. 남녀가 좋아할 때 어디가 좋아? 그렇게 묻는 건 아닌 것 같아. 그런 세부적인 걸 넘어서는 말로 설명하기 힘든 게 있는 거지. 굳이 어디가 좋았냐 하고 물으면 목덜미라고 말할 수밖에. 왜 고대 로마 배경의 영화 보면 남자 배우들 목덜미 있잖아. 난 거기에 눈이 가더라고. 그런데 아저씨 목덜미가 그랬어. 엄마는 다 큰 딸이지만 그런 말을 한 게 민망한 듯 얼른 말을 멈췄다.

자다가 깼는데 엄마가 없었어. 오겠지 하고 누워 있다 엄마가 오지 않아 일어났어. 엄마를 찾아 내려와 보니 소파의 등 부분에 얼굴을 대고 모로 누워 잠이 들어 있었어. 그 뒤에서 엄마의 등을 안고 엄마의 머리칼에 얼굴을 묻고 잠든 캠벨 아저씨, 담요 밖으로 나온 네 개의 발. 둘 다 깊게 잠들어 마치 죽은 사람들 같았어. 마치 전혀 다른 영역처럼 보이는 엄마의 검은 머리칼과 아저씨의 금빛 머리카락은 섞일 수 없는 것처럼 보였어. 그 옅은 금색의 머리카락은 그의 목덜미로 외롭게 숨어들었어. 그래서였을까. 머리칼 사이로 보이는 그들의 반쪽 얼굴이 편안해 보이지만은 않았어. 네 개의 발을 내려다봤어. 누구의 발인지 금방 알 수 있었어. 나는 슬리퍼를 벗고 내 발을 들여다봤어. 네 개의 발은 왠지 매우 고단해 보였어. 담요 밖으로 삐죽하니 나온 네 개의 맨발이 시릴 것 같아 말려 올라간 담요를 끌어다 발을 덮었어.

기온이 더 떨어졌다. 보트하우스도 냉기가 흘렀다. 남자는 현관문을 열고 들어오자마자 장작을 지핀다. 잠바도 벗지 않은 채다. 그 초여름, 얼핏 보면 그들 넷이 가족 같았던 시절 함께 갔던 그 식당에서 저녁을 먹고 왔다. 세월이 20년 넘게 흘러 이곳도 동양 사람을 복잡한 시선으로 바라보던 문화가 어느 정도 바뀐 것 같다. 집에 들어오니 찬 기운이 기다린 듯 달려든다. 이곳은 가을의 일교차가 크다.

“참, 마리 언니 다녀갔다며?”

여자가 맥주 두 캔을 꺼내 오며 묻는다.

“응, 하룻밤 자고 갔어.”

“바쁘대?”

“일하는 중이래. 나 보겠다고 시간 내서 잠깐 들렀어. 너하고 같이 식사하자고 했는데 내가 서 교수님 아프니까 다음에 하자고 했어.”

“잘했어! 난 마리 언니 부러워.”

“뭐가?”

“마리 언니가 하는 일 재미있을 것 같아서.”

“원래 다른 사람이 하는 일은 다 그렇게 보여. 창의적인 일은 재미있는 반면에 그만큼 스트레스도 많지. 영화나 드라마에서 복식을 책임지는 일이 쉽지는 않잖아. 주로 전통의상을 만들어내야 하니까. 전통 복식이라도 재해석을 해야 하고. 책 볼 것도 많고. 마리 누나는 자기 일을 좋아하긴 해. 그러니까 스트레스를 견디고 하는 거지. 누나는 그 스트레스를 즐긴다고 표현하던데.”

"스트레스도 있겠지만 드라마틱하잖아."

"네가 하는 일이 어때서?"

"서양미술사가 재미없어. 심심해."

"심심한 건 안정적이라는 거지. 그럼 동양미술사 해봐. 지금 나가는 학교에 알아봐. 지원해줄 수 있냐고. 양쪽을 다 가르치는 교수가 앞으로 필요할 거야. 내가 돌아다니면서 보니까 아시안 예술이 눈에 들어와. 물론 내가 여기서 성장하긴 했지만, 배경은 무시하지 못하는 게 맞겠지. 그 맛이 아주 다르더라고. 지금까지는 모두 서양학자들이 연구한 것인 데다 발표된 내용이 조금밖에 없는 거 같아. 공부 더 해봐. 너야 그래도 양쪽에 다 기반이 있으니 공부하기 낫지 않겠어!"

"좀 오래전에 한 인도계 의사와 식사한 적이 있는데 여행이야기를 하다가 유럽 뭐 그런 이야기들을 했어. 그런데 그 의사가 유럽 역사엔 흥미가 없고 중국 여행을 해보고 싶다고 하더라. 중국 역사에 흥미를 느낀다고. 유럽 뭐 볼 게 있냐고 하던데. 너도 그런 거야?"

"그렇게까지 폄하할 일은 아니고, 우리 배경이 아시아에 기반을 두고 있고 동양의 역사도 서구인의 눈으로 보고 기록한 거니 좀 짜증 나는 구석이 많은 거지. 한국에 가서 공부해 보든지?"

"엄마가 아프시잖아."

"차라리 엄마를 모시고 한 1년 한국에 가 있으면 어때?"

"할머니가 아픈 엄마 보고 있으면 얼마나 속상하시겠어."

"여기 집 세놓고 서울에 세 얻으면 되잖아."

"병원에도 가야 하잖아. 나중에 기회가 생기겠지. 그런데 유재 넌 어떻게 알았어?"

"뭘?"

"캠벨 아저씨 돌아가신 거……"

"우리 엄마한테서…… 교수님이 얘기했나 봐. 그래서 교수님하고 엄마하고 같이 현장에 갔대. 사람들이 많이 왔다고 했어."

"현장?"

"말했잖아, 롱아일랜드 이스트모리셔스라고. 인터넷에도 다 나와."

"파리 가는 비행기라며? 거긴 왜? 출장 간 거야?"

"교수님 말에 의하면 파리에 화가인 캠벨 아저씨 누나가 사는데 자꾸 아저씨를 불렀다는 거야. 신경이 예민해서 정신과 약을 먹는데 잘 안 듣고 문제가 생긴 모양이야. 아저씨가 바빠서 못 갔는데 자꾸 전화가 와서 아주 힘들게 시간을 냈다고 해. 교수님께도 공항에서 전화했대. 조금 있으면 비행기 탄다고, 모레는 힘들고 글피에 온다고."

"엄마는 왜 내게 말을 안 했을까?"

"네가 어리니까 말을 못 했겠지."

"넌 들었잖아."

"큰 다음에 우리 엄마한테 들은 거야."

"우리 엄만 지금도 안 하는데……"

"너라면 가라앉은 거 다시 휘젓고 싶어? 약혼까지 한 사인데."

"그래도."

"교수님이 말씀하시기 전엔 가만히 있는 게 낫지 싶어. 저번에 엄마가 말하기 전엔 안 한다고 했잖아."

"알아."

그래도 여자는 억울하다.

날씨가 매우 좋다. 여자와 남자는 차를 타고 강을 따라 올라간다. 보트하우스로부터 한참을 위로 올라온 곳이다. 배를 빌려주는 곳이다. 회사 이름도 보트하우스다. 남자가 보트를 빌렸다. 미스터 캠벨이 갖고 있던 배에 비하면 초라하다. 그저 최소한의 기능만 있는 배다. 직원은 시간을 넘기면 대여비가 가산된다고 확인시킨다.

여자는 가방에서 티슈와 물을 꺼내 이 사람 저 사람이 입었을 조끼 두 개를 닦았다. 목과 주머니를 한 번 더 닦은 다음 남자에게 건넸다.

"결벽증이야?"

"이 사람 저 사람이 입었던 거니까. 배 몰아봤어?"

여자가 의심스러운 듯 묻는다.

"이거 쉬워. 운전할 줄 알면 다 할 수 있어. 해볼래?"

"아니. 다음에."

"나야 촬영 다니니까 해봤지. 내가 옆에 있을 테니 해봐. 다음엔 기회가 없을 수도 있어."

"나중에."

"맨해튼까지 갔다 올까?"

"맘대로 해. 아저씨 생각난다."

"나도."

"아저씬 오래전에 세상을 떠나셨는데 엄만 투병 중이고 넌 미얀마로 작업하러 떠난다고 하고."

"뭘 이야기하고 싶은 거야. 아무도 앞날을 모른다는 상투적인 것?"

"그런가?"

"그러니 오늘 이 시간에 올인해서 살아라. 식상한 말이지만 동시에 세월이 가도 흔들리지 않는 말이지."

남자는 중간중간 배를 세워놓고 사진을 찍는다.

"아빠 카메라는 이제 안 들고 다녀?"

"전문가 카메라가 아니니까. 잘 보관하고 있어. 가끔 소소한 건 그걸로 찍기도 하고. 참 「워터 송」이라고 알아?"

"아니."

"앨곤퀸 원주민 노랜데 2000년쯤에 만든 건가 봐."

"어떻게 알았어?"

"그게 캠벨 아저씨가 부르던 거와 조금 비슷해서. 내가 해 볼게."

그는 목소리를 가다듬는다. 여자는 그의 노래를 처음 들어본다. 그의 목소리가 떨린다. 배의 모터 소리가 그의 노래를 방해한다.

"니 비 와 보 앤 다이 언, 아 키 미스 퀴 니 비 와 보, 헤이 야 헤이 야 헤이 야 헤이, 헤이 야 헤이 야 헤이 야 호."

"무슨 뜻이야?"

노래가 끝나자 여자가 물었다.

"우리 몸의 혈액처럼 자연의 혈액도 물이라는 뜻이래. 그만큼 물이 중요하다고. 또 시작 전에 손녀들아, 물은 너희들이 말하는 걸 듣고 기억한단다 하는 해설도 나오고."

"그런데 언제 아저씨가 네게 노래를 불러줬어?"

"우리 어릴 때, 나 여기 보트하우스에서 잘 때 밤에 꿈꾸고 울면서 깼잖아. 그때 아저씨가 다시 자라고 하면서 자장가 같은 노래를 불러줬는데, 그 노래는 아니지만, 음률이 비슷해. 아저씨가 불러준 그 노래가 생각나서 찾아봤는데 못 찾았어. 정확하게 기억이 나지도 않고. 비슷한 걸 찾아낸 게 이 노래야.”

“한 번 깬 게 아니라 밤마다 그랬다는 거야?”

“거의……”

“왜 그런 거야?”

“그거야 모르지. 원주민 말처럼 물은 기억한다잖아. 아저씨도 그런다고 했어. 보트하우스에서 자면 그런다고. 어릴 때도 그랬대. 아저씨의 엄마와 같이 왔을 때도. 아저씬, 주로 소리가 들린대. 얕은 물소리, 조용히 노 젓는 소리, 배에서 내리며 첨벙거리는 소리, 숨죽이며 길을 걷는 발소리, 알지 못하는 언어로 말하는 낮은 소리가 들린대.”

“너는?”

“나? 음…… 수영을 해. 바다 같아. 푸른 비취색의 바다야. 햇빛이 가득하면 에메랄드색이 나기도 하고. 날은 맑아서 저 멀리 커다란 황금 동상이 보여. 그게 불상인 건 나중에 알았어. 하지만 그 대형 황금 불상이 매번 보이는 건 아냐. 여기 아니고 외국 같아. 수영하는 사람들이 많아. 나만 빼고 다 어른 같아. 그런데 조금 후, 날이 암흑처럼 어두워지며 같이 수영을 하던 사람들의 얼굴이며 몸에 붙은 살들이 한 점씩 떨어져나가는 거야. 그 과정이 얼마나 끔찍하겠어. 나는 꿈에서 눈을 감지만 눈을 감아도 보여. 갈수록 살이 떨어지는 속도는 빨라져서 그들은 뼈만 남아 있어. 뼈만 남은 손발은 움직이지 않아. 수영을 멈춘 거지. 결국 뼈만 남은 그들이 어두운 물밑으로 하나씩 가라앉는 거야.”

“듣기만 해도 끔찍하네. 지난밤엔?”

여자는 어렸을 때 미시즈 장에게서 들었던 유재의 꿈 이야기를 새로이 들은 기분이다.

“또 그랬어. 외국에 일하러 갔을 때도 물 옆에 가면 그래. 이제 그냥 기분이 좀 그럴 뿐 어릴 때처럼 무섭지는 않아.”

“나도 아저씨가 부르던 음이 기억나긴 해. 한번 들었던 거 같아. 차 안에서. 모음으로만 이루어진 거 같은 소리를 냈어. 단조로운 음률이 편안하고 맑고 어쩐지 오래전부터 들었던 것 같기도 하고. 내가 들은 노래를 너도 들은 거 같아.”

“응, 캠벨 아저씨 엄마가 불러주던 노랜데 자장가처럼 재울 때 불러줬다고 했어. 그 노래를 들으면서 잠들었다고.”

유재의 꿈은 아줌마가 말한 것과 같았어. 언젠가 엄마가 캠벨 아저씨 꿈을 이야기해준 적이 있었기 때문에 아저씨 꿈도 유재가 말한 게 맞을 거야. 한 사람은 소리로 듣고 한 사람은 눈으로 본다는 저것은 무엇일까. 더구나 한 번이 아니라 반복되어 듣고 보이고 들린다는 거잖아, 그것도 꿈에서. 이곳 보트하우스에 오면 거의 꾼다고 다들 말하고. 이 집은 캠벨 아저씨의 집이니 아저씨의 꿈은 이해한다고 해도 유재가 꾸는 꿈은 어떻게 설명해야 할까.

해외 출장을 가서도 물가에서 잘 때 그런 꿈을 꾸었다는 건 또 어떻게 해석해야 할까. 저 이해할 수 없는 것들이 유전자 정보를 공유해서 일어난 게 타당한 건가. 물론 내 생각이야. 내가 뭐 이런 일에 그다지 논리적인 건 아니니까.

캠벨 아저씨의 꿈은 세 가지, 아니 네 가지 핵심이 있어. 노 젓는 소리. 마치 숨어서 이동하는 것 같은 숨죽인 발소리. 알아들을 수 없는 이상한 말소리. 누가 들을까 조심하며 낮게 속삭이는 소리. 나는 엄마로부터 그의 꿈 이야기를 들었을 때 전체적으로 몰래 움직이는 사람들을 떠올렸어. 어디로 이동하여 달아나는 것 아니면 반대로 몰래 공격을 하러 가는 것일까. 밤일까, 해뜨기 전일까. 배도 타고 걷기도 하면서 이동하는 사람들은 누구일까. 캠벨 아저씨는 바다는 아니고 강 같다고 했어. 배를 타고 가다 어딘가 도착해서 그때부터는 걸어서 몰래 어딘가로 이동하는 일련의 사람들. 그리고 왜 이 보트하우스에 머물 때 그런 것들이 나타나는 걸까. 물이 가까워서? 미스터 캠벨은 배터리파크에 살았기 때문에 그의 아파트 역시 물가에 있었어. 그의 아파트에 가면 창으로 밀려올 듯한 바닷물도 보이고 자유의 여신상도 보였어. 만조 때가 되면 바닷물이 막 넘칠 것처럼 부풀어 올라서 무섭기도 했어. 물론 그가 사는 곳에서도 그런 꿈을 꾸었는지는 알 수 없는데 만일 집에서도 그런 꿈을 꾸었다면 엄마에게 말하지 않았을까. 엄마는 들은 적이 없다고 했어.

그런데 유재는 외국에 나가서 물가에 갔을 때도 같은 꿈을 꾸었다고 말했고. 캠벨 아저씨도 유재도 보트하우스에 머물 때는 꿈을 꾼다고 했지. 도대체 어떤 원리가 작용하는지 알 수가 없어.

엄마는? 미스터 캠벨처럼 나도 엄마의 물속 무덤이 궁금했어. 캠벨 아저씨가 엄마에게 물속 무덤에 관해서 물을 때마다 엄만 아는 것이 없다고만 말했어. 그는 엄마가 대답하지 않자 짓궂게 기회가 있을 때마다 물어봤어. 대답하지 않을 걸 알고 장난치는 것 같았어. 그래서 내가 알게 된 것이고. 더구나 그가 한국어로 발음하는 물속 무덤이 아주 우스웠어. 나는 토요일에 브롱크스에 있는 한국학교에 다녀서 한국어를 잊어버리지 않고 꽤 잘하는 편이야. 물속 무덤이란 말을 이해한다는 뜻이야. 사실은 나도 그게 무척 궁금했어. 도대체 물속 무덤이 뭔지. 하지만 엄만 세월이 많이 지나도록 그것에 대해서 말을 한 적이 없어. 그 물속 무덤에 대해서만큼은 엄마의 입은 마치 조개 같았어. 입을 꼭 오므리고 열지 않는 것 말이야.

그렇게 침묵을 지키고 있던 엄마가 꿈에서 물속 무덤을 봤다는 거야. 엄마와 내가 시애틀에서 알래스카로 가는 크루

즈를 탔을 때였어. 아침에 엄마가 못 일어나고 있었어. 아침을 먹으러 가야 하는데 엄마가 그냥 침대에서 나올 생각을 않는 거야. 객실 발코니로 파란 바다가 떠 있었어. 내가 깨워서 간신히 일어난 엄마는 나도 물 꿈을 꾸네! 그랬어. 내가 무슨 꿈을 꾸었냐고 물었어. 그냥 물 꿈, 그런데 모르는 사람까지 보여. 처음 본 사람들이야. 그러곤 엄만 다시 침대에 누웠어. 아직도 물속을 보는 것 같아서 어지러워. 엄마가 말하면서 눈을 감았어. 내가 누구냐고 물었더니 매우 젊은 남자와 여자라고 해. 엄만 본 적이 없는 사람들이라며. 나중에 엄마는 그랬어. 처음 보트하우스에 갔을 때 물속 무덤이 환상처럼 떠올랐다고. 꿈은 아니었지만 한 번도 본 적 없는 물속 무덤을 그때 봤다고. 그 이후 그 환상이 뜨문뜨문 보였다고. 그런데 크루즈 객실에서 처음 꿈으로 꾸었을 뿐 아니라 누군지 모르는 사람들까지 보였다며 엄만 매우 혼란스러워했어. 어떻게 생겼는데 하고 물었어. 엄마는 내 모습도 보이고 네 모습도 보여, 그랬어. 그리고 표정이 어두워졌어.

유재에게 그 물속 무덤 이야기를 했어.

"물속에 무덤을 쓰는 사람이 있나?"

"물속에 어떻게 무덤을 만들지?"

"그렇지? 나도 그런 의문이 들었어. 누가 물속에 무덤을 쓰냐고. 아니 누가 물속에 무덤을 만들 수 있겠어. 수장이면 몰라도."

"물속에 무덤이 있다는 건 한 가지 가설밖에 없는데. 죽은 사람을 매장한 곳이 처음엔 육지였는데 나중에 무슨 사정으로 물에 잠기게 됐다, 그거 아닐까?"

"맞네. 그럼 댐인데."

"응, 그런 것 같아."

"한국에 댐 건설한 데 찾아볼까?"

우린 구글어스를 켜고 머리를 맞댔어. 한국에 댐이 건설된 곳을 찾기 시작했어. 생각해보면 같이 있어도 어지간히 재미없었나 봐. 우린 연인도 아니고 남매도 아니고 친구도 아니고…… 그냥 모호해. 어릴 때부터 서로 많이 봐와서 너무 친숙하지만, 저 세 가지 규정이 막 섞인 것 같기도 하고 또 다 아닌 것 같기도 했어. 아, 이웃사촌이 맞아. 원래 이웃사촌은 담백하지. 하지만 늘 서로에게 눈을 떼지 않고 지켜본 것만은 사실이야. 곧 이것도 끝이 났지만. 우리는 그날 머리를 맞대고 있다가 장작이 다 타서 재가 될 때쯤 각자의 침실로 들어갔어. 댐을 찾았는지는 기억나지 않아. 유재가 미얀마로 작업하러 가기 전 보트하우스에서 묵었던 그 가을 일주일 동안 우린 대충 이런 시간을 보냈을 거야. 맹숭맹숭하면서도 그런대로 애틋한…… 애정도 우정도 동지도 가족도 아닌 그런 애매한 사이. 그러나 늘 서로 궁금한 사이. 그렇게 단정하다 나는 자신이 없어졌어. 사실 유재의 속마음이 어떤지는 잘 몰라. 그저 내 생각과 느낌으로 말한 거야. 확실히 생각이란 어느 선에서 멈춰야지, 너무 나아가면 안 돼. 이렇게 막 엉켜버리거든.

한 사람

여자가 문을 열고 집 안으로 들어온다. 시장 꾸러미를 주방에 놓고 다시 밖으로 나간다. 그녀는 고개를 들고 집 외관을 천천히 둘러본다. 집 앞은 나무가 빼곡하게 들어선 짙은 숲이다. 여자는 이마 위에 손을 대고 나무 꼭대기를 쳐다보며 높이를 가늠해본다. 나무가 부러지면 집을 칠까. 저 위, 바람에 흔들리는 나무 꼭대기는 너무 높아 그녀의 시야에서는 보이지 않는다. 나무는 휘지 않고 위로 쭉 뻗었다. 나무 밑동 가까운 데가 부러진다면, 그리고 운이 나빠 집 쪽으로 쓰러진다면, 그녀의 눈에는 아슬아슬하다. 애초에 터를 닦을 때 조금만 더 넓게 닦았으면 좋았을 것을. 여자는 집과 숲 사이의 터를 쳐다보면서 걱정을 하지만, 쓸데없는 걱정 같다.

집을 고치면서 안전과 보온을 겸해 문과 창문 공사를 이

중으로 다시 했다. 유리문이나 창문은 비상시 닫을 수 있게 덧문까지 달았다. 나무 덧문은 보통 창문 양옆에 장식같이 걸려 있다. 여자는 덧문을 닫아보았다. 창문이 깨지는 일은 막을 수 있을 것 같다. 거실의 두꺼운 통유리는 이중이라 튼튼할 테니 괜찮고 베란다나 데크로 나가는 격자무늬 문은 접이식 나무 덧문을 닫으면 된다. 여자는 차고와 보트가 있는 곳까지 한 번씩 둘러본다. 보트가 있는 곳에 새로 단 아치형 문도 튼튼해 보인다. 차 트렁크에 있는 나머지 짐을 안으로 옮기고 차를 차고에 집어넣는다. 차고 문을 단단히 잠근 다음 장작 두 뭉치를 들고 온다.

집은 거의 새로 짓는 것처럼 골조만 남기고 대대적인 공사를 했다. 집 안의 구조도 바꿨다. 주방에 프렌치 도어라 부르는 격자무늬 프레임의 유리문을 달아 거실과 응접실까지 두루 통하던 주방을 분리했다. 원목 마루를 갈고 어두운색을 입혔다. 내벽은 하얀 플라스터를 썼다. 나란히 붙은 방은 벽을 터서 크게 만들었다. 계단도 안정감 있게 고쳤다. 보일러도 신형으로 바꾸고 하는 김에 지붕에 태양광판도 설치했다.

집이 오래돼 안전과 보온의 문제도 있지만, 그녀가 집을 대대적으로 수리한 것은 이 집이 다른 집이 되기를 원했기 때문이다. 집을 덜컥 사고 나니 두려워지기 시작했다. 이 집에 가득한 그들의 흔적을 감내할 수 있을까 하는 걱정 때문이었다. 집 구조를 바꾸기 시작했다. 그러나 달라진 집에서도 여자는 자신이 그들의 흔적을 찾고 그들의 그림자 속에 생활한다는 것을 알았다. 그들은 달라진 구조의 집 안에서도 머문다. 방 두 개를 튼 침실에서 튀어나오고 아름다운 격자문이 달린 주방 안에 머물고 모양이 달라진 벽난로 안에 장작을 넣기도 한다. 또 강가에서 보트를 타고 사진을 찍는다. 만일 워드 문서처럼 덮어쓰기의 기능이 있다면 자신의 머릿속도 덮어쓰고 싶다고 생각한다. 현재의 문서로 과거의 문서를 덮어쓰면 과거의 것은 사라지지 않는가. 그러다 자신에게 묻는다. 정말 지워버리고 싶은지. 하지만 그녀는 대답하지 못한다.

좀더 좋은 조건에 자리가 나서 학교를 옮겼다. 맨해튼의 삶이 지겨운 것도 있고 엄마가 떠난 그 집에 있고 싶지 않았던 탓도 있을 것이다. 집은 세를 주었다. 학교 근처 아파트에 세를 얻을까 하고 부동산에 접속했다가 온라인 매매에 뜬 이 집을 봤다. 여자는 가슴이 뛰었다. 집이 오래돼서 가격은 생각보다 좋았다.

부동산 홈페이지에 올라온 이 집을 보고 여자는 혼자서 보트하우스에 갔다. 유재와 함께 왔을 때가 벌써 4년 전이었다. 길에 차를 세우고 강가에 붙은 집을 내려다봤다. 집의 외관은 그대로였다. 아직도 그 꽃무늬 소파가 있을까. 허공에 매달린 나선형 계단은, 장작을 많이 때서 그을음이 붙은 벽난로는. 그녀는 다음 날 부동산에 전화를 넣었다.

몸피가 넉넉하고 인상이 좋은 여인이 집 앞에서 기다리고 있었다. 여자가 통화한 사람은 남자였다. 여인은 남자 브로커가 급한 일이 생겼다고 알려주었다. 여자는 여인이 열어준 집 안으로 들어섰다. 집은 유재와 같이 묵었던 때와 달라진 것이 없다. 그래도 여자는 처음 와본 것처럼 여인이 안내하는 대로 참을성을 가지고 모든 공간을 다 돌아봤다. 옆에서 그녀가 편안한 목소리로 설명했다. 이 집에서 일주일씩 세 번이나 묵었지만, 전문가의 설명을 들으니 새로운 게 많았다.

"나도 어렸을 때 여기 한번 와봤어요. 오빠 친구네 별장이었거든요."

그녀가 흥미로운 이야기를 시작했고 여자는 귀를 모았다.

"그 오빠 친구 생일파티를 여기서 했어요. 친구의 엄마가 우리를 배에 태우고 강 위까지 올라갔다 내려오기도 했죠. 난 어렸는데 막 따라간다고 해서 우리 엄마가 친구의 엄마에게 직접 연락을 했다고 들었어요."

여인은 말끝에 웃었고 그녀도 따라 웃었다.

"그렇게 오빠의 미움을 받으면서 왔던 곳이죠. 그 오빠의 친구는 가고 없지만, 오래전 그 일이 생각나네요. 이 집은 여전한데 필립이……"

여인이 갑자기 어떤 감정에 휩싸이는 듯 말을 잇지 못했다. 여자는 가만히 있었다.

“사망해서 지금 누나 앞으로 돼 있어요. 미스 캠벨은 파리에 거주해요.”

여인이 말을 이었다.

“필립이 그렇게 비명횡사를 하는 바람에…… 에휴, 총을 맞다니! 그것도 남을 도우려다. 어릴 때부터 참 착했다는데.”

여인의 눈매가 붉어지고 있었다. 여자는 놀라서 가슴이 뛰기 시작했다.

“어…… 어디서…… 그런 일을 당했대요?”

여자의 말도 떨렸다.

“아, 이 집에서 일어난 사건은 아니고요.”

여자의 물음은 다른 의미였지만 여인은 아차 싶었는지 업무적인 대답을 했다. 그리고 집주인에 대한 사적인 이야기를 꺼낸 걸 후회하는 것 같았다. 둘은 집을 나섰다. 여인이 현관문을 잠갔다. 여자는 생각했다. 20년도 더 된 이야기를 하면서 감정이 격해 눈자위가 붉어지는 이 여인은 누굴까? 그리고 캠벨 아저씨가 비행기 폭발 사고를 당한 게 아니고 총을 맞았다니…… 여자는 명함을 달라고 했다.

“아, 이 집 담당하는 분은 다른 분입니다.”

“알아요. 그냥 제가 이곳에 이방인이라 모르는 게 있으면 여쭤볼 일이 있을까 해서요. 그래도 되나요?”

여자가 공손하지만 고집스럽게 요구하자 여인은 할 수 없다는 듯 명함을 건넸다.

여인과 여자는 누가 먼저라고 할 것도 없이 회랑에 있는 의자에 잠깐 앉았다. 초여름, 무성한 나무들이 들어찬 숲은 냄새를 진하게 풍겼다. 정오를 지나고 있었고 날은 더웠다.

"그래서 그분은……?"

여자가 물었다. 여인은 잠시 망설이더니 포기한 듯 이야기를 이었다.

"원주민 변호를 맡았는데, 사실 필립이 원주민을 돕기 위해 시간을 내서 꾸준히 무료 변론을 했어요. 그래서 늘 바빴다고 했고요. 그런데 한 사례가 마피아의 이익과 연계가 됐을 것으로 추측하는 거죠. 누가 총을 쏘았는지 모르지만, 그쪽이 아닐까 하더라고요. 탑승하려고 티켓을 주고 나서 들어가는데 어디서 총알이 날아온 것인지, 범인은 잡지 못했어요. 어떻게 공항에서 총기를 소지한 채 검색대를 통과할 수 있었는지, 그리고 어떻게 도망칠 수 있는지 다 믿을 수 없다고 해요. 필립은 병원으로 이송되기 전에 벌써 사망했대요. 그런데 그가 타지 못한 비행기가 뜬 지 10분 조금 지나 폭발하면서 바다로 떨어졌어요. 그래서 희생자 명단에 올라가게 됐고요."

여인의 하얀 얼굴이 붉어지기 시작했다.

"그렇게 탑승자 명단에 올라가서 희생자 명단에 잘못 들어가 있던 것이라고 해요. 그 충격 사건이 신문에 보도가 되긴 했지만, 비행기 폭발 사고로 조명을 받지 못해서 그를 비행기 희생자로 알고 있는 사람이 더 많대요. 그때 약혼한 여자도 있었다고 했어요. 동양에서 왔다고 했는데…… 어린 여자아이를 키우면서 대학에서 미술사를 가르친다고 했어요. 중국에서 왔다고 했나 일본이라고 했나?"

여자는 마른기침을 했다. 여인이 괜찮냐고 물었다.

"서른 중반도 안 됐는데. 참 티머시도 그 여자와 아이를 봤다고 했어요. 아, 내 오빠요. 보안관인데 당시 연락이 끊긴 상황에 우연히 필립을 만났대요. 그래서 그 여자와 딸을 봤다고 했어요. 옛날 필립의 집 앞에 어떤 차가 한참 서 있어서 검문했더니 그였다고. 그때 차 안에 그 여자와 어린 딸도 같이 있었다고 했어요. 어두워서 자세히는 못 봤다고. 아무튼 그때 우연히 만나게 돼서 다시 연락하게 됐나 봐요."

여자는 그 티머시를 기억한다. 어렸을 때 차창으로 보이는 어둠 속에서 캠벨 아저씨와 서로 안고 등을 툭툭 두드리던 그 티머시를 기억한다. 필립, 나 티머시, 티머시 쿠퍼야 하던 그 티머시다.

"티머시 말로는 필립이 그 여자를 처음 본 순간 오래 헤어진 그리운 사람을 만난 것 같았다고, 그 여자의 검은 눈을 보면 자신이 긴 세월 동안 수없이 찾던 사람 같다고 말했대요.

태어나기도 전에 아빠가 죽었다는 어린 딸도 귀엽고 안쓰럽다고 했고요."

여자의 코가 알싸해진다. 곧 눈물이 비칠 것 같다.

"여기서 멀지 않은 곳에 캠벨 가문의 사람들이 묻힌 묘지가 있어요. 필립도 거기 묻힌 거죠. 오빠 말로는 아직 집에 소개하지 않아서 연락처가 없었기 때문에 그 여자에게 연락을 못 했대요. 아마 필립만 알고 있었나 봐요."

"거기가 어딘데요?"

"어디요?"

"이 집 주인이 묻혔다는 곳이요."

여인은 의아한 눈빛이 되더니 날 가만히 봤다. 차 문을 열어 부동산 로고가 찍힌 메모지에 묘지 이름을 적어 건넸다.

"캠벨가 사람들 다 묻혀 있어요. 필립 엄마만 빼고요. 미시즈 캠벨은 시신을 못 찾아서……"

티머시의 동생은 거기서 말을 멈췄다. 아마도 그쯤에서 묘지 이름을 적어달라는 여자가 누군지 고민했을 것이다. 머잖아 여자가 누군지도 결론을 내릴 것으로 보였다. 티머시의 여동생은 여자에게 점심을 같이하자고 했다. 그들은 점심을 같이 먹기로 했고 여자는 앞서가는 여인의 차를 따라갔다. 처음 본 사람들이 같이 점심을 먹는다는 게 정말 이상했지만, 그냥 그렇게 돼버렸다. 어디라도 들어가야 할 만큼 날이 더웠기 때문이었다.

여자는 시내에 있는 부동산 사무실에 도착했다. 감색과 하얀색의 줄무늬 차양을 단 부동산 사무실 문을 열기 전 유리문 너머로 소파에 앉아 있는 그 여인을 봤다. 그림을 그리는 화가라고 들었다. 챙이 멋지게 곡선을 그리는 커다란 모자를 쓴 여자였다. 일흔이 다 됐을 나이에도 모자가 참 잘 어울렸다. 여자는 유리문을 열었다. 가까이에서 본 첫인상은 예민해 보였다. 캠벨 아저씨 같은 분위기는 아냐. 어릴 때 기억을 되짚어보고 거기에 사진을 섞어보면 미스터 캠벨은 귀해 보이면서도 편안한 인상이다. 그 격조 있는 따뜻한 인상을 결정적으로 변화시키는 건 눈이다. 도대체 소속을 알 수 없는 캠벨 아저씨의 눈은 이국적이라고 하기에도 적당하지 않다. 누나라는 여인에겐 그 눈이 없다. 엄마가 다르다니 캠벨 아저씨가 엄마 쪽에서 받은 유전자일 것이다.

화가라는 여인이 보트 이야기를 꺼냈다. 여자도 그렇지만 화가도 이런 일에는 익숙하지 않은 듯 보였다. 이미 중개인과 양쪽 변호사를 통해서 보트값은 없는 것으로 서류가 다 끝났는데 클로징에 이 문제를 다시 들고 나오다니. 보트는 너무 오래돼서 엔진을 간다고 해도 쓸 수 있을지 모르겠다고 여자가 대답했다. 그 말을 듣자 그녀는 밖으로 나가서 담배를 피웠다.

사람의 뒷모습은 대부분 쓸쓸해 보이는데 여자의 뒷모습은 앞모습처럼 예민하고 불안해 보였다.

담배를 태우고 들어온 화가와 기다리고 있던 여자와 변호사 등 클로징에 참가하는 사람들은 같은 건물에 있는 변호사의 사무실로 자리를 옮겼다. 빨간 테의 돋보기를 꺼내 쓴 화가와 여자는 관련 서류에 계속 서명했다. 화가는 어낸다 제이 캠벨이라고 사인을 했다. 여자는 연지 최 대신에 최연지라고 썼다. 최 옆에 쉼표를 찍었다. 지씨라고 읽을 수도 있으니까……

파리에서 온 여자는 맨해튼 호텔까지 가야 한다며 기차역까지 택시를 불렀고 여자는 티머시의 여동생 다이안을 만나러 갔다.

그동안 다이안을 몇 번 만났어. 그녀는 캠벨 아저씨 연배의 어른이었지만 담백하고 즐거운 사람이었지. 내가 누군지 이미 알고 있는 눈치지만 내가 먼저 말할 때까지 기다리는 것으로 보였어. 난 그녀와 식사를 하면서 그녀가 전해주는 여러 이야기를 즐겁게 들었어. 물론 실질적인 정보도 얻었어. 그녀는 이곳 토박이니까. 집을 고치는 업체를 소개받고 이전 문제 등 여러 실질적인 도움을 받았어. 그녀는 감추는 것이 없는 투명한 사람이었어. 그늘이 없다는 거지. 간혹 너무 투명해 부담스러울 때도 있긴 하지만, 그 정도야 넘어갈 수 있었어. 그녀는 내가 누군지 모르는 척하면서 보트하우스의 주인 이야기를 조금씩 들려주었어. 애써 다른 곳에서 수집해오는 것 같기도 해서 가슴이 찡할 때도 있어.

그녀가 들려주는 이야기에 의하면 캠벨 아저씨의 엄마는 초등학교 선생님이었어. 동시에 원주민 권리운동을 이끄는 사람이었고. 전형적인 백인의 모습을 가진 그녀는 자신의 조상 중 한 사람이 모히칸족으로 저 위 보호구역 출신이라고 밝혔어. 그 보수적인 곳에서 아무 이득도 없는데 자신의 출신을 드러냈지. 여기서 다이안은 아마 자신의 시민운동을 정당화하려는 게 아니었을까 싶다고 개인 의견을 덧붙였어. 당시 미스 무어는 보호구역 옆에 세워지는 한 기업의 공장 설립을 반대하는 운동을 이끌고 있었어. 공장에서 나오는 폐기물이 보호구역 안의 땅을 오염시킨다는 문제를 제기하고 있었고 그게 사실이라는 건 모두가 알고 있었지.

어느 날 미스 무어는 집 앞에서 괴한에게 공격을 당해 쓰러졌는데 늦게 발견돼 중상을 입고 병원에 오래 누워 있어야 했어. 그녀를 공격한 괴한의 정체에 대해 짐작은 하지만 증거가 없었어. 병상에 있으면서 마음이 약해졌는지 그녀는 판사인 미스터 캠벨과 결혼을 해. 미스터 캠벨은 어린아이 둘을 데리고 상처한 상태고 미스 무어에게 청혼했다 거절당한 과거가 있었어. 그리고 둘은 아들 하나를 낳았지. 필립이야.

캠벨가는 이 지역의 명문가였는데 지금은 다 뿔뿔이 흩어지고, 캠벨가의 젊은 청년 한 사람이 이쪽 어딘가에 산다고 들었다고 말했어.

보트하우스에 처음 다녀간 그해 봄 오월, 그러니까 유재와 같이 오기 전의 이야기야. 어디나 꽃이 만개해서 우리가 사는 아파트 옆 공원에도 꽃이 흐드러지게 피었을 때야.

엄마는 내게 연한 분홍색 시폰으로 만든 조금 긴 드레스를 입혔어. 엄마도 아이보리색 드레스를 입었지. 그녀의 드레스는 허리 아래로 얌전하게 주름이 잡혀 있어. 나는 미스터 캠벨의 손을 잡고 걸었어. 반짝이는 내 하얀 구두를 내려다봤어. 새 신발이라 에나멜 칠이 반짝였어. 그는 타이 없이 가톨릭 사제처럼 보이는 검은 셔츠 위에 양복을 입었고 우리는 커다란 거울 같은 호숫가에 성처럼 세워진 호텔 건물을 나가서 정원으로 갔어. 오월의 꽃이 만발했어. 그가 이끄는 대로 작고 하얀 정자에 다다랐을 때 어떤 남자가 카메라와 촬영 장비를 들고 미리 기다리고 있었어. 우리 셋은 꽃 속에 둘러싸인 정자에 올라갔어. 셋이 서기엔 좀 비좁았어. 마치 고깔모자처럼 생긴 지붕이 우리의 얼굴을 그늘지게 해 사진사가 당혹했어. 그는 360도로 앵글을 돌려가며 햇빛을 찾았어. 엄마는 캠벨 아저씨와 그렇게 약혼식을 했어. 엄마에게 약혼반지를 끼워준 그가 주머니에서 반지를 꺼내 내게도 끼워줬어. 물론 아이들 반지였어. 다이아몬드는 아니고 크리스털로 만든 작은 반지였지. 엄마도 몰랐었는지 놀라는 표정이었고 즐거워했어. 사진사 아저씨도 기분이 좋은지 소리 내서 웃고 그 장면을 카메라에 담았어. 그 반지는 내 보석함에 들어 있어. 엄마가 내게 남기고 간 아빠의 결혼반지와 캠벨 아저씨의 약혼반지와 함께……

우리는 여러 장소에서 사진을 찍었어. 호텔 앞 거울 같은 호수에서도 사진을 찍었지. 호수는 우리가 묵은 호텔 방에서도 바로 보였어. 우리는 그 호수에서 배를 탔어. 드레스를 입은 채로. 사진사 아저씨는 그 사진까지 찍고 호텔 식당과 우리가 묵은 객실에서도 사진을 찍었어. 사진사 아저씨가 나를 떼어놓고 엄마와 캠벨 아저씨만 사진을 찍기도 했어.

우리는 그 유명한 리조트에서 이틀을 더 묵었어. 그는 골프를 치러 가고 엄마와 나는 스파에 갔어. 모두 하이킹을 나서기도 하고 호수 건너편 성벽만 남은 곳에 다녀오기도 했어. 다 같이 수영을 하기도 했고 말도 탔지. 난 말 타는 일은 별로 즐겁지 않았어. 말이 힘들 거 같았기 때문이야. 끔벅거리는 말의 순한 눈을 보자 더 그랬어.

여긴 모홍크산, 호수가 내려다보이는 창문가에서 캠벨 아저씨는 내 손을 쥐고 가르쳐주었어. 저 아름다운 호수 이름도 모홍크호수. 모홍크는 델라웨어 인디언의 말로 '하늘에 있는 호수'라는 뜻이야. 나는 그렇게 아름답게 들리는 말을 그 이후로도 들어본 적이 없어. '천상의 호수'라니!

엄마가 약물 치료 후 건강이 좀 나아지자 그 천상의 호수에 가자고 제안했어. 엄마는 대답이 없었어. 며칠을 기다렸지만, 대답이 없어 다시 물었어. 엄마는 가고 싶지 않다고 했어. 난 죽은 캠벨 아저씨를 생각하게 하는 어떤 것도 싫은 모양이라고 생각했지. 엄만 좀 머뭇거리면서 한국에 다녀오자고 했어. 난 그 몸으로 한국은 무리라고 대답했어. 엄마는 꼭 가고 싶다고 했어. 난 의사와 통화했고 그녀는 생애 마지막인 듯 기운을 내서 비행기를 탔어.

저 배를 탈래? 엄마가 산으로 둘러싸인 호수를 내려다보며 물었어. 우리의 눈 아래로 사람들이 배에 오르고 있는 것이 보였어. 배는 마치 직사각형의 상자를 엎어놓은 것 같았어. 우리는 내려가서 매표소에서 표를 샀어. 매표소는 물가에 상자처럼 덜렁 서 있어서 배처럼 생뚱맞아 보였어. 사람들이 몰려나와 평일에도 붐볐어. 꽃 보러 나오는 거지. 엄마가 말했어. 배는 좌석이 다 찼는데도 떠날 생각을 안 했어. 나의 조급함을 달래듯 배도 스케줄이 있잖아, 배선 시간 같은 거. 사람 다 탔다고 출발하진 않지. 엄마가 그렇게 말했어. 서울을 떠나온 지 두 시간 좀 넘었을 거야.

연지야, 이 물 아래가 마을이었다고 해. 배가 물 가운데로 나오자 엄마가 말했어. 그럼 이 호수는? 응, 인공 호수! 저기 강에 댐을 세웠거든. 물을 가둔 거지. 이 물 아래에 마을이 있었는데 엄마가 여기서 태어났어.

나는 목덜미와 등에 소름이 돋았어. 엄마가 여기서 태어났다니! 그 물속 무덤이 있는 곳 아냐? 유재와 구글어스를 켜고 찾던 댐이 여기서 보이지는 않지만, 저쪽에 있는 거 같은데.

여기서 태어나 아기 때 몇 년 살았다고 해. 댐이 생긴다고 하니 마을 사람들은 떠나야 했겠지. 사람들은 선산에 묻은 조상 묘부터 옮기고 살던 집을 버리고 살 곳을 찾아 뿔뿔이 떠났지. 그런데 마을이 다 비워질 때까지 아무도 옮기지 않은 묘가 두 개 나란히 있었다고 해. 봉분만 있고 비석도 상석도 없는 그 초라한 묘는 아무도 이장하지 않아 결국 물속에 잠겼다고. 그 묘에 가족들이 아무도 없었나? 내가 물었어. 가족이 아예 없었던 건 아니라고 해. 그런데 왜 그랬을까. 그 아래 아기인 내가 살던 집은 뒤뜰이 앞뜰처럼 넓었는데 꽃나무가 있고 우물이 있고 텃밭이 있던 뒤뜰은 높지 않은 언덕으로 연결됐어. 그 언덕에 있는 두 묘지는 그냥 그곳에 남았고, 결국 다 떠난 마을에 물이 차고 묘지는 빈집과 함께 물에 잠겼다고 해. 아무도 가져가지 않아 그대로 있었다는 베틀은 어떻게 됐을까. 베틀? 내가 물었어. 엄마가 베틀이 뭔지 설명을 했어. 누가 쓰던 거냐고 내가 물었어. 그 집에 살던 여자. 아기 낳고 얼마 되지 않아 죽었대. 엄마가 지나가듯 말했어.

목적지도 없이 배를 탔으므로 사람들을 따라 허둥지둥 배에서 내렸어. 배에서 내린 사람들에 섞여서 유명하다는 사찰에 올라갔어. 계곡을 끼고 올라가는 길은 경사가 진 곳이 많아 엄마는 힘들었을 텐데 내색하진 않았어. 작은 돌다리를 건너 절이 보였어. 절은 산에 폭 쌓인 포근함은 보이지 않아. 바위가 두드러진 삼각형 산봉우리 하나가 절집 뒤로 솟았어. 고려 시대 절이래, 안내판에 씌어져 있었어. 엄마가 절 마당으로 들어서서 찬찬히 탐색하듯 둘러봤어. 배에 오르기 전 시간이 남아 줄지어 있는 식당에 들어갔어. 그곳에서 이른 저녁을 먹었어.

엄마와 호수 옆 숙소에 들었어. 호수가 보이는 객실은 더 비쌌지만, 그것으로 예약했어. 더블침대가 있는 룸, 엄만 많이 고단한지 바로 잠이 들었어. 절에 올라갔다 내려온 게 고단했을 거야. 나도 잠깐 뒤척이다 잠이 들었지만, 한밤중에 깼어. 디지털시계의 붉은 숫자가 3시를 지나 있었어. 어둠 속에서 엄마의 숨 쉬는 소리만 들려. 여기서 하루 더 묵을까? 근처 다른 호텔을 알아볼까? 고민하다 잠이 오지 않아 일어났어. 창가로 가서 커튼을 조금 젖혔어. 거대한 물 위에 어둠을 비집고 들어오기 시작한 빛이 청색 어둠을 만들었어. 물 건너편 산자락이 청색 커튼 뒤로 비치는 것 같았어. 산자락은 동글동글한 몸의 여인네 같았어. 나는 옅은 어둠 속 둥글게 내달린 창에 커튼을 치고 다시 침대로 가 누웠어. 어렴풋이 잠이 들었을까. 다시 깨고 보니 겨우 한 시간쯤 지났어.

일어나 다시 침대에 앉았어. 시차 때문인 거 같았어. 잠을 못 잔 탓인지 머리는 무겁고 눈은 뻑뻑했지. 잠을 잔 것도 아니고 정신은 반밖에 든 거 같지 않았지. 이래서 내일 어떻게 움직이나 하고 걱정이 됐어. 결국은 자리에서 일어나 창가 의자에 맥없이 앉아 있다 다시 커튼을 들쳤어. 그것밖에 할 게 없었으니까.

나는 놀라고 말았어. 밖은 그냥 안개였어. 천지간이 새벽 물안개로 꽉 찼어. 안개 외에 아무것도 보이지 않았어. 안개 때문에 물 건너 동글동글한 산자락도 사라지고 없었어. 세상은 그저 뭉글뭉글 피어나는 하얀 안개뿐이었어. 내 생애 그런 안개를 또 볼 수 있을지는 모르겠어. 보이는 건 다 안개였어. 객실 창처럼 둥글게 내달린 발코니가 그 안개 속으로 떠내려가. 아까 엄마와 내가 잠시 앉았던 동그랗고 작은 하얀 철제 탁자와 의자 두 개가 발코니와 함께 떠내려가고 있어. 시야에 보이는 것은 안개뿐이 없어. 그냥 보고 있으면 나도 떠내려갈 것 같았어. 커튼을 닫고 침대로 가 그대로 잠이 들었어. 조식을 먹으러 내려갈 때까지 내내 잤어.

꿈을 꾸었을까? 물속으로 잠수를 해. 아까 호수에 꽉 들어찬 안개가 그대로 있는지 모르겠어. 물은 뿌옇지만, 아래로 내려갈수록 탁한 것이 줄어들어. 나는 이 호텔 건너편 산자락처럼 동그란 모양의 봉분을 봐. 봉분은 아주 작아. 두 개가 나란히 있어. 봉분엔 비석도 상석도 없어서 누구의 것인지 알 수 없어. 그런데 나는 그 작은 봉분들을 내려다보며 슬퍼해. 가슴에서 뭔가 억울한 것이 솟아. 어떻게 물속에서 봉분의 모양을 그대로 유지하고 있을까. 나는 억울해서 눈물이 나는 중에도 알 수 없는 일이라고 의심을 해. 왜 억울한지 정확하게 알지는 못해.

나는 물속에서 베틀을 찾아. 헤엄을 쳐서 찾아보지만 보이지 않아. 벌써 다 해체돼서 여기저기 떠돌아다닐까. 아니면 호수 바닥 아래 묻혔을까. 나는 아래로 내려가 봐. 흙 아래 묻혔을 거 같아. 베틀이 다 분해돼 나무가 여기저기 묻혔을 거야. 난 무덤은 그대로 있는데 베틀은 왜 분해됐는지 이상하다고 생각해. 베틀이 분해될 정도면 봉분도 당연히 쓸려서 그 위에 다른 흙들이 덮여 모양을 알아볼 수 없어야 맞지 않겠어. 아니면 봉분이 다 깎여 평평해졌거나. 바닥으로 내려가도 베틀 같은 것은 보이지 않아. 호수 바닥을 다 팔 수는 없는 노릇일 거야. 배고프다. 아침 먹으러 가자. 엄마가 화장까지 다 하고 날 깨웠어.

음식을 먹으면서 대놓고 물었어. 엄마 여기 음식도 괜찮은데 하루 더 묵을래, 아니면 다른 데로 갈래? 엄마 좋은 대로 할게. 엄만 잠시 생각하더니 여기 하루 더 있고 싶기도 하지만, 가고 싶은 데가 있다고 해. 그러면 여기 하루 더 묵고 그곳으로 가면 되지. 서울에 할머니가 기다리지 않을까? 하루 더 있다가 간다고 전화하면 되지. 비행기 예약한 거 미루면 되고. 너 가야 하잖아. 일주일 정도 더 있어도 돼. 엄마. 걱정하지 말고 엄마 있고 싶은 만큼 있다 가자. 그러면 여기 하루 더 묵고 내일 그곳에 가. 어딘데? 바다. 신혼여행 가려고 했는데 못 갔어. 왜? 아빠가 급하게 숨어야 해서. 평생 학생을 가르친 엄마의 말이 점점 토막이 난다. 딸에게 이야기하자니 쑥스러운 탓일까. 아니면 머리칼을 다 빠지게 하고도 퍼지는 저것을 죽이지 못하는 독한 약물 탓인가. 아빠가 왜 숨어야 했는데? 넌 그 세계를 이해하지 못할 거야. 엄마는 느닷없이 수줍어했다. 세상이 너무 달라져서……

수소문해서 배를 빌렸어. 엄만 아무것도 묻지 않았어. 왜 배를 빌렸냐고 묻지 않았다는 거야. 그녀는 너무 자연스럽게 배에 올랐어. 배의 주인인 중년의 남자는 우리를 데리고 천천히 호수 위를 다녔어. 새벽안개는 거짓말처럼 사라지고 없어. 난 엄마에게 안개 이야긴 하지 않았어. 엄만 내가 아무리 설명해줘도 호수의 사방 천지를 덮은 안개를 이해하지 못할 거야.

못 봤으니까.

"아저씨, 혹시……"

엄마는 떠는 것 같았어.

"여기 오래 사셨어요?"

"물에 잠기기 전에 태어나서 근처에서 죽 살았어요."

아저씨가 메마른 소리로 말했어.

"그럼 물속에 잠긴 무덤 이야기 들어보신 적 있어요?"

"어떤 무덤이요?"

남자가 별 감정을 담지 않은 목소리로 물었어.

"이 물 아래 잠긴 무덤이요."

엄마는 정말 떨었어. 옆에 앉은 나는 엄마가 떨고 있다는 걸 알 수 있어. 남자는 마침 불어온 바람 때문에 소리가 떨렸다고 생각했으면 좋겠어.

"무덤이요? 서 선생네 뒷산에 있던 작은 무덤 말인가요?"

"아세요?"

"네, 그 얘긴 어른들에게 들은 적이 있어요. 직접 이야기를 들은 건 아니고 어른들끼리 술김에 이야기할 때 옆에서 들었던 기억이 나요. 그 무덤을 아는 사람들이 이제 별로 없을 텐데요."

아저씨의 말을 듣고 있는 엄마의 얼굴 표정은 애매했어. 열심히 듣고 있는 것 같은데 무슨 마음인지 읽을 수가 없었어.

"그런데 누구……"

남자는 잠깐 우리를 경계하기 시작했어.

"외국에 사는데 지인한테 그 이야길 들었어요. 옆 도시가 고향이라고 했어요. 그래서 여기 온 김에 생각이 나서 여쭤본 겁니다."

내가 나섰어. 이런 이야기들은 객관적으로 듣는 게 서로 편하다는 생각이 들어서 얼결에 그렇게 대답했지만, 결과는 의심을 없애는 게 아니라 증폭시킬 뿐이었지. 초점이 맞지 않는 우스꽝스러운 대답이었어. 남자는 우릴 계속 의심하는 듯한 눈초리였지만 그도 지나간 시간이 그리운 듯, 아니면 이제 모두 이 세상에 없는데 뭐가 문제가 될까 생각했는지 우리를 태운 배를 몰고 어디론가 갔어.

"이 아래요, 그곳이."

그가 물 아래를 가리켰어. 또 나무 두 그루를 가리켰어.

"부친이 무덤 이야기할 때 그냥 저 나무 두 그루가 보여서 저절로 기억했는데 이렇게 쓰이네요."

그는 우리를 의심하면서도 오래되고 묵은 시간을 풀어 보였어.

"마을이 물에 잠기고 난 후, 멀리 떠나지도 못하고 물 근처에서 모여 살던 집들이 있었지요. 우리 집도 그중에 하나였어요."

그가 어린 시절이 그리운 듯 잠긴 목소리로 운을 뗐어.

"마을 어른들은 고단한 막노동 뒤에 막걸리라도 마시면 물에 잠긴 마을 이야기로 꽃을 피우다 꼭 그 두 개의 봉분 이야기로 끝을 맺었어요. 누가 더 나쁘다며 언쟁하다 술김에 서로 싸우기도 했지요. 어린 나는 잠결에 그들이 싸우는 소리를 듣기도 했고 어머니가 술 취한 어른들을 나무라는 소리도 듣곤 했어요. 이제 그 어른들 대부분이 돌아가시고 나니 그 이야긴 더 들을 수 없지요."

유람선이 지나가는 게 보였어. 그는 뱃머리를 조금 더 호숫가로 붙였어.

"저쪽으로 올라갈까요?"

그가 댐 쪽을 가리켰어.

"그냥 여기 계시면 좋겠어요."

엄마가 대답했어. 그는 다시 이야기를 이었어.

"다들 무덤을 먼저 이장을 했어요. 서 선생은 서울 고등학교에 근무하게 돼 누구보다 가장 일찍 마을을 떠났어요. 그는 학교에서 내준 사택에서 살았고 다시는 고향에 내려오지 않았다고 해요. 서 선생도 또 옆 마을에 사는 부인의 친정도 봉분을 그냥 두고 이장하지 않았어요. 서 선생이야 애증 때문에 그리했겠지요. 친정이야 딸을 잃은 충격으로 부친까지 돌아가시고 나니 어린 동생들이 손을 쓸 수가 없었을 테지요. 마을 사람들까지 모두 떠나고 빈집들만 남았어요. 그 작은 두 봉분은 나중까지 남았고 결국 물에 잠기게 됐죠. 어른들도 무덤을 그냥 두고 간 서 선생이 오죽했으면 그랬을까. 또 다른 사람들은 그래도 물속에 잠기게 하는 건 아니지 하면서 두 패로 갈려서 언쟁을 했어요. 남자들끼리 의견이 분분하니 나중엔 여자들이 조심스럽게 한 마디씩 했어요. 아무리 부처 가운데 토막인 남자라도 그것까지 하기는 쉽지 않다고. 어쩔 수 없는 거라고. 결국 의견은 거의 그쪽으로 기울고 안된 사람은 서 선생이 됐지요. 서 선생이 말수가 적었지만 매우 예의 바른 사람이라고 했어요. 마을 아이들을 가르치는 군내 중학교 선생님이었고요."

엄마와 난 말없이 숙소로 돌아왔어. 서울에서 몰고 온 렌터카에 기름을 넣고 돌아오다 근처에서 식사할까 물었지만, 엄만 먹고 싶지 않다고 했어. 편의점에 들어가 맥주 두 캔을 집었다가 망설였어. 엄만 마시지도 못할 텐데…… 내가 마실 때 마시고 싶어 하면 어떡해. 맥주를 도로 내려놓았어. 나는 호텔 안에 있는 식당을 이용하기로 하고 차에 기름만 넣고 그냥 호텔로 돌아왔어.

일찍 자리에 누운 엄마. 난 아무것도 묻지 않았어. 지금 엄마가 얼마나 복잡할지 난 알아. 엄마의 딸인 나도 혼란스러운데. 실은 병원에 드나들면서 심신이 약해진 엄마라 아직 유재의 죽음도 말하지 않았어. 미시즈 장에게도 엄마가 충격이 클 테니 내가 봐서 말하겠다고 했어. 유재가 미얀마로 작업하러 떠나기 전 집에 왔었지. 원래 말이 없는 유재는 아픈 엄마를 오랫동안 안아주었어. 야윈 엄마는 유재에게 조심하라고 거듭 말했고. 서로 포옹을 하는 바람에 머리에 쓴 연한 살구색 머릿수건이 움직여서 좀 삐뚤어졌어. 머리가 없는 탓이지. 유재가 그것을 바로 잡아줬어. 현관에서 미얀마에서 돌아오면 다시 들르겠다던 유재는 아직도 돌아오지 못했어. 유재가 꿈속에서처럼 해변에서 수영을 했는지는 알 수 없다고 해. 그러니 수영을 했을 때 커다란 황금 불상을 봤는지도 알 수 없어. 어쩌면 미시즈 장이 옳았는지도 몰라. 유재가 그냥 구글에 있었으면 이런 일은 생기지 않았을 텐데. 그래도 그가 정말 하고 싶은 일을 하다가 가서 다행이라고 해야 하는 건지 나는 모르겠어.

엄마는 침대에 누웠으나 눈만 감고 있다는 걸 나는 알아. 물 아래 잠긴 그 집과 두 무덤을 생각하는 거겠지. 건너편 침대에서 엄마의 숨소리가 들려. 너무 조용해서 숨소리는 점점 커지는 것 같아. 조용함이 문제가 아니라 숨소리만 들리는 게 점점 가슴이 답답해져. 텔레비전을 틀까 하고 물었어. 엄만 등을 돌려 모로 누운 채 대답 없이 손을 조금 올렸어. 틀지 말라는 뜻이야. 아, 나는 편의점 캔맥주를 샀어야 했어. 엄만 충격을 받은 게 틀림없어. 나도 이런데. 배를 몰던 남자가 전한 어른들의 이야기를 종합해보면 그리고 이야기가 끊어진 곳을 매끄럽게 메꿔서 이야기로 그려보면 그 집의 뒤에는 낮은 언덕이 있었을 거야.

그 언덕은 길과 연결돼 있었다. 그 길은 그대로 가면 청법사로 갔고 나뉜 길은 군 소재지로 나가는 길이었다. 그 두 길이 갈라지며 만든 공터에는 나무 몇 그루가 서 있었고 커다랗고 넓적한 화강암 돌이 몇 개 둘러서 있었다. 마을 사람들은 군 소재지에 볼일을 보러 갈 때 그곳에서 누군가를 기다렸다. 같이 가기 위해서다. 물론 절로 가는 길보다 군 소재지로 나가는 길이 더 번잡했다.

그 집이 앉은 땅은 반듯한 직사각형에 옆으로 작은 개울이 휘돌아 흘렀다. 집은 보통의 집처럼 언덕 가까이 앉혀진 것이 아니라 땅 중앙에 디귿 모양으로 올라갔다. 안방과 대청과 부엌을 중심으로 왼편 사랑채로 사용하는 방 두 개와 오른편 방 두 개가 마당을 건너 마주 보고 있었다. 오른편 끝방엔 베틀이 들어갔다. 그 집의 남자는 베틀이 마음에 들지 않았지만 내색하지 않았다. 머릿장 두 개가 나란히 들어가고 재봉틀이 놓인 여자의 일방이었다. 중앙에 앉은 집 때문에 뒤뜰은 앞뜰

만큼 넓었다. 앞마당에 감나무, 대추나무 등 유실수가 있다면 뒤뜰엔 장미, 목련, 등나무, 라일락 등 꽃나무가 많았다. 터널처럼 긴 퍼걸러에 덩굴식물들이 올라갔다. 장미 덩굴과 등나무가 꽃의 숲을 이뤘다. 그녀가 빨래하고 그릇을 씻는 우물가에 꽃잎이 떨어졌다. 물론 가을엔 물든 잎도 내려앉았다. 물이 담긴 수조와 빨래를 하는 돌판에도 떨어졌다. 봄부터 초가을까지 뒤뜰로 나가는 부엌 뒷문은 항상 열려 있었다. 그녀는 칭얼대는 아기를 업고 이 뒤뜰에서 서성이며 아이를 재웠다.

중고등학교가 있는 군 소재지가 가까워 타지에서 온 선생들이 살다 떠났다는 그 집, 타지 사람이 아닌 남자는 신혼집으로 그 집을 샀다. 아침이면 남자는 앞마당 감나무 앞에 세워진 자전거에 여자가 건넨 도시락을 묶었다. 여자가 울타리 밖으로 나와 남자가 보이지 않을 때까지 서 있었다. 남자는 자전거 페달을 밟아 군 소재지에 있는 남자 중학교에 갔다. 그는 아이들에게 수학을 가르쳤다. 남자가 길 저 끝으로 넘어가 여자의 시야에서 사라지면 그녀는 느린 걸음으로 집 안으로 들어갔다. 여자의 배가 봉긋했다. 눈이 오려는지 하늘이 내려와 있었다.

여자가 아기를 낳았다. 계집아이였다. 뒤뜰에 꽃이 흐드러지게 핀 오월이어서 산실이 된 안방의 뒤창으로 꽃향기가 들어왔다. 아기는 산달을 다 채우지 않고 몇 달을 일찍 나왔다. 계집아이였지만 산달을 다 채우지 않았어도 아기는 매우 실했다. 남자는 왠지 아이가 낯설었다. 딱히 꼬집어 어디라고 말할 수 없었다. 그의 어머니는 아기가 예쁘지 않다는 뜻으로 이해하고 처음 태어난 아기들 다 그래, 백일만 되어도 예뻐진다고 말했다. 남자는 서재로 쓰는 사랑방에서 잠드는 날이 많았다. 그는 안방에 들지 않았다. 그는 자신과 싸우고 있었다. 여자는 아무것도 묻지 않았다. 다만 상을 차려 사랑방으로 들였다. 그녀는 더는 대문에서 남자를 배웅하지 않았다. 남자도 여자도 스스로 지옥 속에 갇혔다. 끊임없이 일어나는 고뇌 때문에 남자는 불면증을 앓았다. 여자는 베틀에 앉는 시간이 많았다.

날이 더워졌다. 이불이 무거웠다. 여자가 여름용 이불을 가지고 사랑채에 들어왔다. 남자가 나간 줄 알고 있던 여자가 남자를 보자 이불을 한옆에 놓았다. 남자가 나가려는 여자의 팔과 어깨를 잡았다. 욕정이 번뇌를 이겼다. 애증이 널뛰는 남자는 거칠어 하늘하늘한 이불이 다 구겨지고 있었다.

아기가 태어나고 반년이 지난 어느 날, 마을이 웅성거렸다. 누군가 마을에 도둑 묘를 쓰고 사라졌다는 것이다. 여자의 집 뒤뜰이 손바닥처럼 내려다보이는 언덕이었다. 혹 묘를 만들 때 일을 거든 사람이 있나 해서 마을 어른들이 모여서 수소문을 했지만 그런 사람은 없었다. 그렇다면 사람을 멀리 타지에서 데려왔다는 추측이 가능했다. 몰래 쓰는 묘라 얼마나 급했던지 제대로 봉분을 올리지도 못했다. 그도 자신의 집 바로 가까이에서 일어난 일이라 관심을 두고 귀를 기울였다. 그러나 몇 달이 지나도록 그 초라한 묘의 정체는 밝혀낼 수 없었다. 결국 경찰서에 신고하고 사건은 일단락됐다. 사람들은 모두 일상으로 돌아갔고 그 사이 봉분의 붉은 흙에 잡초가 자랐다.

여자는 언제부턴가 그 언덕을 자주 올려다봤다. 자꾸 뭐가 끌어당기는 듯해서 올려다보면 아무것도 없었다. 누군가 자꾸 자신을 보고 있는 듯했다. 여자는 집중이 잘 안 돼서 실수가 잦아졌다. 아기를 업고 뒤뜰을 왔다 갔다 할 때도 빨래를 널거나 걷을 때도 자꾸 그곳을 올려다봤다. 그 횟수가 빈번하다 보니 사랑채에 머무는 남자의 눈에도 띄었다. 아침저녁으로 세수를 할 때나 주말에 나무나 꽃 들을 돌볼 때 여자가 그곳에 자꾸 시선을 두는 걸 보았다. 그가 왜 그러느냐고 물었다. 저기서 누가 자꾸 날 내려다보는 것 같아요. 신경이 쓰여요. 그녀가 자신 없는 듯 작은 소리로 대답했다. 누가 본다고. 아무도 없는데. 남자는 그렇게 말했다. 여자의 야윈 얼굴과 더 가늘어진 목덜미가 눈에 들어왔다.

군내 병원에서도 한의원에서도 아픈 곳이 없다는데 여자의 얼굴은 점점 못쓰게 됐다. 한약을 싣고 자전거 페달을 밟아서 집에 온 남자는 집이 비어 있는 걸 발견했다. 부엌엔 온기가 없었다. 불을 땐 흔적이 없었다. 남자는 자전거를 타고 본가로 달려갔다. 그곳에도 여자와 아기는 없었다. 남자는 여자의 집이 있는 다른 마을을 향해 달렸다. 그곳에도 오지 않았다고 했다. 다시 집으로 돌아온 남자는 마을을 돌았다. 여기저기 마을을 헤매는 남자에게 마을 어른이 지나가면서 아기 엄마 찾느냐고 물었다. 어른은 아기 엄마가 아까 도둑 묘에 있는 걸 봤다고 했다. 남자는 자전거를 마당에 팽개치고 언덕에 올랐다. 여자가 거기에 있었다. 아기가 등에서 울었다. 여자의 얼굴은 백지장 같았다. 남자가 아기를 안아도 가만히 있었다. 남자는 여자를 데리고 왔다. 그리고 본가에서 싸 준 음식을 상에 올려 방에 들어갔을 때까지 여자는 그대로 앉아 있었다. 아기가 울어댔다. 남자는 물수건으로 여자의 얼굴과 손을 닦아준 후, 먼저 아기에게 젖을 먹이라고 했다. 그런데도 여자가 가만히 있자 남자는 아기를 안아 여자에게 안겨줬다. 여자가 젖을 먹였다. 여자의 얼굴에 감정이 없다. 남자는 순간 섬뜩해졌다. 젖을 먹은 아기는 잠이 들었다. 여자는 수저를 몇 번 뜨지도 않고 자리에 누웠다. 그러고는 일어나지 못했다. 마을 누군가는 여자가 전에도 그 묘 앞에 서 있는 걸 몇 번 봤다고 했다. 그리고 그가 사 온 약을 달여 먹고 의사가 왕진을 다녀가도 별 소용 없이 몇 개월을 누워 있던 여자가 죽었다.

남자의 누나가 여자가 누워 일어나지 못할 때 부근의 용한 무당을 찾아갔다. 의사들이 왜 그런지 모르겠다고 했으니 그럴 만했다. 이야기를 들은 무당은 넌지시 그 도둑 묘를 보고 갔다. 여자가 세상을 뜨면 그 도둑 묘 옆에다 나란히 묘를 쓰라고 말하곤 입을 꾹 다물었다. 그래서 여자는 선산에 묻히지 못하고 그 묘 옆에 묻혔다.

사실과 사실 아닌 것들이 뒤섞여서 많은 말이 마을을 돌아다녔다. 아이는 본가에 맡기고 남자는 학교로 출근했다. 두 해가 지나 떠도는 말이 조금 잠잠해질 때쯤 남자는 재혼을 했다. 그리고 물에 잠긴다는 마을을 먼저 떠났다. 그는 잊었다. 사랑했던 여자도 또 그 여자와 살던 그 집도 잊었다. 클수록 자신을 닮은 곳이 없는 아이를 마음에서 멀리 두었다. 다행히 재혼한 부인이 그 아이를 불쌍히 여겨 자신이 낳은 아이들과 다름없이 잘 챙겼다. 남자는 그 아내를 좋은 사람이라고 생각했고 죽을 때까지 고맙게 생각했다.

그 두 개의 무덤은 아무도 옮기지 않아 그대로 남았다. 두 개의 작은 봉분은 개 짖는 소리도 멈춘 빈 마을에 외로이 남겨졌다. 혹자는 달이라도 뜨는 밤이면 그 무덤에서 소리가 난다는 사람도 있었다. 아무도 가져가지 않아 마을에 남았다는 그녀의 베틀이 저 혼자 소리를 낸다는 말도 나왔다. 그런 밤과 낮이 여러 번 지나고 셀 수 없어지자 빈 마을에 서서히 물이 차기 시작했다. 비어 있던 여러 날만큼 오랜 시간은 아니지만, 물이 차는 데 오래 걸렸다. 마을은 사라졌다. 여러 마을이 동시에 사라졌다. 불이 가득했던 아궁이도, 연기가 나오던 굴뚝도, 빨래가 널리던 햇볕 바른 마당도, 아이들의 웃음소리도 사라졌다. 흔적 없이 사라졌다.

갇힌 물은 무심하게 일렁였다. 근처에 사는 사람이나 물길을 지나는 사람들이 물속 무덤 근처에서 이상한 소리가 들린다고 했다. 사람들은 그곳을 무서워했고 피해 다녔다. 그곳이 물에 잠기자 청법사로 가는 길은 배를 타야 갈 수 있었다. 세월이 더 많이 지난 뒤, 어떤 나이 지긋한 귀부인이 그 물가에서 우는 걸 봤다는 소문이 돌았다. 그 소문을 마지막으로 물속 무덤에 관한 소문은 더는 새로운 것이 없었다. 시간을 따라 서서히 잊혔다. 그리고 사람들의 기억 저편에 묻혔다.

그래 잘 다녀왔어? 할머니가 현관까지 나왔어. 그녀는 아픈 엄마의 등을 쓰다듬고 또 쓰다듬었어. 그래 보고 오니 속이 시원해? 엄마 손을 쥐고 할머닌 그렇게 물었어. 저녁을 먹은 후, 조그만 보따리를 엄마 앞에 내놓으며 말했어. 저 방에 옛날 3층 머릿장 두 개 있었지. 그거 너 낳은 엄마 거야. 내가 서울 올 때 챙겼어. 너 크면 주려고. 네가 미국으로 공부하러 가는 바람에 그냥 저기 있게 됐고. 이건 네 엄마가 남겨놓은 거야. 아기 이불이고 옷이고 직접 만들어 입혔던데."

"내가 아는 건……"

할머닌 손수 끓인 차로 목을 축인 후 엄마가 듣고 싶어 하는 이야기를 꺼냈어.

"그 청법사에 서울에서 법학을 공부하는 부잣집 학생이 몸이 나빠져 내려와 있었어. 부잣집 아들이 요양하러 절에 묵고 있었던 거지. 네 엄만 일찍 모친을 여의고 가난한 집의 맏딸이라 대학에 가지 못하고 군내에 있는 우체국에서 일하고 있었고. 네 엄마가 정말 예뻤다고 네 고모가 그러더라. 그러니 수줍은 서 선생이 중학교 다닐 때부터 말도 하지 못하고 네 엄마를 좋아했다고 해. 네 엄만 그때 초등학교 다녔을 텐데. 서 선생은 서울에서 대학을 졸업하고 군대를 다녀오고 나서 학교에 선생으로 취직을 했지. 서울에도 학교에 자리가 있었는데 이곳에 와 자리를 구한 건 다 네 엄마 때문이라고 해. 네 엄마에 대해서 안 좋은 소문이 귀로 들어왔지만 서 선생은 부모에게 여자의 집으로 중매를 넣어달라고 했고 서 선생의 노력으로 결혼이 성사됐지. 네 엄만 결혼하지 않겠다고 마지막까지 버텼는데 그게 더 서 선생을 애달프게 했을 거야."

할머니는 이야기를 하면서도 과일을 집어 엄마와 내게 주었어. 이야기를 듣고 있는 엄마의 얼굴은 내가 봐도 불쌍할 만큼 일그러지고 있었어.

"절에 묵고 있던 서울 학생이 우편물을 부치러 우체국에 들렀다가 네 엄마에게 반한 거야. 그런데 남자 집이 서울에서 행세하는 집이었대. 시골 여자와 사귄다는 말을 들은 집에서 절로 찾아와 남자를 강제로 데리고 갔어. 남자는 네 엄마에게 말도 못 하고 집으로 끌려갔어. 얼마 안 돼 병세가 심각하게 나빠졌고. 서울로 데려온 아들이 갑자기 병세가 중증이 돼서 손쓸 사이도 없이 죽은 거야. 죽기 전 네 엄마를 많이 찾았다고 해. 그 청년의 엄마는 아들이 저승문을 들락거리며 네 엄마를 찾자 사람을 놓아 수소문했대. 수소문해봤자 이미 결혼하고 아이까지 낳은 상태니…… 남자는 죽었고 매장까지 했는데 자꾸 그 엄마의 꿈에 아들이 나타났다는 거야. 울면서 나오기도 하고 화를 내기도 하고…… 그래서 화가 난 엄마가 원래 매장한 곳에서 이곳으로 몰래 옮겼대. 옮기고 나서 아들은 나타나지 않았다고. 그 청년의 엄마가 아들이 요양하던 절에 들러서 전한 이야기라고 네 고모가 이야기해주더라. 그리고 그 아들이 외아들이라고 하는데 상처가 커서 견딜 수 없는 가족은 해외로 갔다고, 엄마가 자기 때문에 아들이 죽었다고 많이 괴로워했다고."

일그러진 엄마의 표정이 그대로 굳어지는 게 아닌지 난 걱정됐어.

"그래도 어떻게 거기다 묘를 쓸 생각을 했을까. 좀 이기적이지. 그것도 몰래. 화가 난 청년의 엄마가 그렇게 보고 싶은 여자 실컷 보라고 한 모양이야. 그래도 그렇지 네 엄만 무슨 죄야. 너는 뭔 죄고. 그리고 서 선생은 뭔 죄고. 이해해라. 그 양반도 상처를 많이 받은 사람이야. 서 선생은 누구나 다 한 번씩 놀러 간다는 그곳에 세상 뜰 때까지 간 적이 없어. 길러 준 것도 아버지니 이해하고 산소에 들렀다 가. 그리고 양주에 가서 연지 할머니와 최 서방 산소에도 들리고."

엄마는 울진 않았어. 참는 건지 얼굴은 마치 석고 같았어.

엄마는 머릿장을 미국으로 부쳤고 보따리는 들고 왔다. 여자는 머릿장 두 개를 2층 침실들 사이 작은 거실 공간에 놓았다. 안 어울릴 것 같은데 다른 가구와 분리해서 독립된 공간에 배치하고 벽 공간에 추상적인, 말하자면 장르가 모호한 그림을 걸자 의외로 괜찮았다. 백동나비장식 경첩이라니…… 보따리 속 엄마가 아기 때 입었다는 옷과 이불, 엄마가 미스터 캠벨과 약혼식 때 입었던 드레스와 여자가 입었던 작은 드레스가 저 장속에 있다. 순한 좀약을 켜켜이 넣었다. 이런 습도가 높은 기간에는 한 번씩 꺼내서 바람을 쏘여야 할 것 같다.

카리브해에서 시작한 태풍은 플로리다를 치고 해안을 따라 북상 중인데 이곳에 도달하기 전에 바다로 빠져 비껴갈지 어떨지 봐야 한다고 기상 캐스터가 한껏 격앙된 목소리로 뉴스를 전한다. 장면이 바뀌더니 플로리다에서 후드가 달린 잠바를 입은 리포터가 현장을 전하고 있다. 그의 뒤엔 야자수 나무가 비바람에 90도로 휘어진다. 시에서 빌딩에 살 때는 이런 때 그저 비상용 음식이나 전기가 나갈 것을 대비해 초나 건전지 등을 준비할 뿐이었다. 그리고 TV 앞에 앉거나 컴퓨터를 열고 뉴스를 보면서 학교가 문을 닫는지 여는지 연락을 기다리면 됐다. 그런데 이곳 보트하우스에서 홀로 맞는 허리케인에 여자의 마음은 불안하다.

여자는 높게 걸린 하얀 다리를 건넌다. 캠벨 아저씨와 엄마와 같이 갔던 길이다. 중간에 차를 세운다. 강 아래를 내려다본다. 너무 아찔해서 급하게 시선을 거둔다. 산에서 본 절벽 아래의 숲보다 더 까마득하다. 여자가 다리 가운데서 차를 세우고 아래를 내려다본 것은 떠오르는 기억 때문이다. 잊지 못하는 캠벨 아저씨의 퍼즐 같은 절망적인 표정이 지금도 뚜렷하게 생각난다.

보트하우스 다이닝룸 유리창 앞 식탁에서 아침을 먹을 때였다. 어린 그녀가 소리를 질렀다. 다리 가운데서 펜스에 몸을 걸치고 강 아래를 내려다보는 사람을 가리켰다. 캠벨 아저씨와 엄마가 동시에 시선을 돌렸다. 사실 멀어서 성별조차 식별하기 어려웠다. 왜 그래? 그냥 강 아래를 내려다보는 건데. 엄마가 아이에게 말했다. 아니야, 떨어지려고 했어. 아이가 아니라며 앙칼지게 대답했다. 아이도 긴장한 듯 보였다. 아이는 마주 앉은 캠벨 아저씨의 얼굴을 봤다. 아이가 그의 얼굴에서 눈을 못 떼는 건 아이가 알던 아저씨의 얼굴이 아니었기 때문이다. 그의 굳은 얼굴은 다리 위에 고정돼 있다. 그는 어디론가 전화를 걸었다. 다급하고 두서없는 목소리였다. 조금 후 보안관들이 도착했다. 다리 위의 사람은 보안관들과 함께 떠났다. 아저씨의 얼굴은 아직도 알 수 없는 퍼즐에서 풀리지 않았다.

그 기억 때문이었을까. 길을 건너다 차를 세워 아래를 내려다본다. 아저씨의 창백하고 굳은 얼굴이 여태까지 의문으로 남아 차를 세우게 했는지도 모른다. 다리는 아래를 내려다보기에는 너무 높다. 비현실적이다. 여자는 머리를 든다. 고개를 조금 더 들고 앞을 본다. 이 광경을 어떻게 설명을 할까. 날고 싶다는 생각이 든다. 새처럼 날고 싶다는 생각이 간절하다. 사람들은 이곳에 서면 새처럼 날고 싶어지는 모양이다. 사람들은 떨어지는 게 아니고 나는 것이다. 강물에 투신하는 게 아니고 날아오르는 것이다. 사람들은 아래를 보고 떨어지는 게 아니야. 이렇게 앞을 보고 날아가는 거야. 그녀는 중얼거리며 세워놓은 차에 올라 긴 다리를 빠져나간다.

바람이 불어 나뭇가지들이 흔들린다. 그렇다고 위협적인 것은 아니다. 무엇인가 술렁거리는 느낌. 무슨 일이 일어날 거라는 작은 불안함. 뉴스는 내일 저녁 태풍이 당도할 거라고 한다. 산 정상 아래 작은 주차장이 보여 차를 댄다. 캠벨 아저씨가 차를 댔던 곳이 맞을 것이다. 이 주차장에서도 30분 정도 더 걸어 올라가야 산 정상이다. 여자는 등산용 가방을 메고 산을 오르기 시작한다. 엄마의 행복은 너무 짧았다. 차 안에서 나던 솔잎 향처럼 그녀의 행복은 잠시, 아주 잠시 머물다 사라졌다. 나는 그 시간에 행복했나? 여자는 아마 그랬을 것으로 생각한다. 마히캔턱과 모히칸과 모홍크가 그를 통해서 어린 여자아이에게 왔기 때문이다. 빨간 꼬리를 가진 호크가 그의 휘파람을 통해서 여자아이에게로 왔기 때문이다.

산 정상엔 아무도 보이지 않는다. 태풍 전야에 산에 올 사람은 없을 것이다. 그녀는 캠벨 아저씨와 섰던 절벽 앞에 선다. 이곳은 바람이 더 거세다. 그의 손을 잡고 내려다봤던 발아래 풍경은 지금의 풍경과 너무 다르다. 웬일인지 기억 속의 어린 그녀는 떠오르지 않고 안개 속에 감춰진 듯 흐릿하다. 다른 풍경 때문인지도 모르다. 그땐 언 눈이 쌓인 땅에 헐벗은 나무와 집 들이 오롯이 모습을 드러내고 있었다. 지금은 바람 따라 전체가 물결처럼 흔들리는 거대한 숲이 발아래 펼쳐진다. 마을도 집도 숲에 꽁꽁 숨었다. 바람이 숲을 이리저리 가를 때 숨어 있던 집이 잠깐 나타났다 다시 사라진다. 풍경이 이토록 벅차오른 적이 있나. 그녀는 호수에서 안개가 가득한 천지를 볼 때처럼 숨을 크게 들이켠다. 거친 바람 때문일까.

날아다니는 어떤 것도 보이지 않는다. 여자는 새가 보이지 않아 상심한다. 휘파람을 불어본다. 휘파람은 중간에서 툭툭 끊긴다. 캠벨 아저씨가 불던 휘파람을 무의식적으로 흉내 내려고 했나 보다. 그녀는 휘파람 부는 것을 포기하고 만다.

오늘은 새가 안 나올 텐데요. 여자는 뒤를 돌아본다. 남자가 서 있다. 여자는 남자를 알아본다. 지난번에 왔을 때 새를 불러내는 재주를 가진 그 남자였다. 그는 여자를 보고 웃는다. 이런 날씨에는 숨 쉬는 어떤 것도 나오지 않는답니다. 오늘은 내 재주로도 새를 불러낼 수 없어요. 바로 옆집에 산다면서 차를 보고 알았다고 말한다. 그가 태풍 준비는 다했냐고 묻는다. 글쎄 무엇을 해야 하는지. 여자가 물었다. 날아갈 만한 건 다 안으로 들여놓고 창이나 유리문 옆에 나무문이 보이는데 장식과 덧문을 겸한 것이면 닫으세요. 생필품은 준비되었죠? 자, 내려갑시다. 바람이 점점 거세지네요. 남자가 서두른다. 그가 앞장서서 산을 내려간다. 늘 내려가는 건 올라올 때보다 빨라서 그들은 얼마 지나지 않아 동그마니 서 있는 두 대의 차 앞에 선다.

산에서 내려온 여자는 창고에서 장작 두 묶음을 들고 온다. 온도가 조금 떨어졌고 집 전체에 습기가 감지된다. 장작을 때면 집이 더울 텐데. 하지만 더운 것보다 축축한 건 참을 수 없다고 생각한 여자는 두 묶음만 태우겠다고 생각한다. 전문가가 집을 고치면서 벽난로를 전기로 바꾸라는 제안을 했지만, 기존의 벽난로를 그대로 두면서 모양만 고쳤다. 다른 것은 다 손을 보면서 벽난로만은 그대로 두길 고집하는 여자를 전문가는 답답해했다. 벽돌을 떼어내고 회색 벽돌을 붙였으며 아궁이엔 아래로 내려 여는 철제문을 달아 안 쓸 때는 닫아두었다.

여자는 불을 피우기 위해 스툴에 앉는다. 둥글고 낮은 스툴은 불 때다 앉기에 제격이다. 이 집에서 벽난로와 저 스툴만 바뀌지 않고 그대로다. 일하는 사람들이 버린 걸 숨겨놨다. 벨벳 천만 다시 씌웠다. 똑같은 스툴 두 개가 원래 있던 자리에 놓였다. 캠벨 아저씨도 앉았고 엄마와 유재도 앉았던, 아마 맨 처음 캠벨 아저씨의 엄마가 앉았을 스툴 위에 이제 여자가 앉는다. 그동안 여자는 불을 피워본 적이 없었다. 불을 피우기 전, 마음이 차분해진다고 이곳에 앉았던 사람들이 이구동성으로 말했다. 여자는 처음이라 차분해지기보다 오히려 들뜬다. 이 들뜸이 차분함으로 넘어가는 기점은 어디쯤일까.

여자는 주방 서랍에서 가스라이터를 꺼내 온다. 지난번 다운타운에 나갔을 때 샀다. 그러나 주둥이가 길고 총처럼 생긴 것을 들고 그녀는 망설인다. 잠시 생각을 하더니 도로 서랍에 넣는다. 여자는 캠벨 아저씨가 하던 것을 기억해서 벽난로 안 틀에 장작을 가로로 올려놓고 다음 층엔 세로로 올려놓는다. 꼬아놓은 신문과 나무 쪼가리를 장작 위에 올려놓고 불을 붙인다. 종이는 잘 탄다. 장작에 불이 붙기 시작한다.

나도 오늘 밤 물 꿈을 꿀 수 있을까 하고 여자는 생각한다. 유재는 안다만으로 떠나기 전, 여기에 앉아서 불을 지폈다.

"우리 엄마 말이 옛날 어른들은 불장난하면 오줌 싼다고 아이들에게 못 하게 했다는데."

"그거야 그저 아이들이 불을 낼까 봐 경고하느라 그랬겠지."

"단순히 그런 훈육 차원만은 아닌 거 같아."

"왜?"

"전문가 말은 그 둘의 전혀 다른 행위가 심리적으로 생리적으로 연관성이 있다는 거야."

"어떻게?"

"실험도 한 모양인데 아이들이 불장난할 때 심리적으로 매우 흥분하는데 그 흥분 상태를 야간 배뇨로 해소한다는 거지. 흥분과 긴장은 배뇨 조절에 영향을 미치는데 아이들은 그 조절 작용이 미숙해서 잠자리에서 오줌을 싼다는 거야."

"그렇구나!"

"그럼 장작을 때면서 흥분하고 긴장하기 때문에 물에 관한 꿈을 꾸는 걸까? 어른이니 배뇨 조절이 미숙하진 않고 대신에 밤에 물 꿈을 꿈으로써 그 긴장을 해소하는 건 아닐까 하는 거야."

"아이들이 불장난하는 건 부모들이 제시한 금지 사항을 어기는 것이고 우리가 불을 지피는 건 허가된 일 같은 건데 무슨 긴장감이 생긴다는 거야?"

"내가 볼 땐 허가된 일이라도 불을 피우는 건 긴장을 유발하는 거 같아. 흥분감도 들고."

"글쎄. 이렇게 안전한 데에서 피우는데 뭐."

"우리 어렸을 때 여기 강 앞에서 캠벨 아저씨가 불 피울 때 옆에서 같이 있었잖아? 그것도 왔다 갔다 하면서 봤잖아. 그런데 내가 처음 그 꿈을 꾼 거야. 아이였으니 밤에 오줌을 눠야 맞는데 나는 물 꿈을 꾸었어! 내가 땐 것도 아닌데."

"나도 너하고 똑같이 했지만 난 꾸지 않았어. 그런 가설을 연결하는 건 무리야."

여자도 지지 않았다.

"나는 타오르는 불을 보면서 긴장한 거야. 그 긴장이 야뇨가 아니라 물 꿈으로 나타난 거지. 이 강 때문에."

유재도 자신의 경험치를 바탕으로 여자가 불과 물 꿈의 상관관계를 인정하지 않는 것에 대해 완강하게 반박했다.

불도 물처럼 일정한 모양이 없다. 물길이 변하는 것처럼 불길도 변한다. 색도 마찬가지다. 불꽃은 붉고 노랗고 때때로 보라색이다. 붉은색은 노란색을 품은 듯 노란색이 나왔다 들어갔다 한다. 보라색도 남색을 품은 듯 일렁일 때마다 보라색과 남색 사이를 왔다 갔다 한다. 장작이 다 타서 강 건너 노을 색으로 바뀌고 나서야 여자는 철제문을 닫고 불 앞에서 일어난다.

여자는 유리창에 머리를 대고 밖을 내다본다. 세상이 없다. 누가 통유리에 물을 들이붓듯 비가 쏟아져서 밖이 보이지 않는다. 갑자기 폭포 같은 커다란 물줄기가 창문을 때린다. 순간 여자는 놀라서 유리창에서 머리를 떼고 뒤로 물러난다. 창문이 깨지면 어떡하지. 도시의 아파트에서 이 정도로 위험해 보이지 않았는데. 이 큰 강물이 불어나는 일은 없겠지. 정말이 집은 강에 너무 붙었어. 여자는 중얼거리면서 자리를 뜬다. 전화가 울렸기 때문이다. 옆집 남자다. 전화번호는 어떻게 알았냐고 묻는다. 그가 전화번호부에 다 나온다고 말한다. 바뀌었는지 몰라서 그냥 해봤다 한다. 여자는 집 전화를 없앨까 하고 생각하는데 그가 자신의 휴대폰 번호를 불러준다. 무슨 일 있으면 전화하라고. 여자가 반응이 없자 일단 메모지에라도 적어놓으라고 한다. 그리고 소소한 몇 가지 주의사항을 알려주고 전화를 끊는다.

천지가 바뀔 듯 뒤집어져도 전기는 문제가 없다. 아무래도 준비한 양초나 플래시는 사용할 기회가 없을 모양이다. 조명등만 켜놓고 여자는 침대 속으로 들어간다. 2층 복도 유리 천창에 물이 쏟아지는 소리가 시끄럽다. 엄마가 없는 시간이 점점 뚜렷해진다. 옆방과 트긴 했지만, 이 침실은 엄마와 묵던 곳이다. 엄마는 그들을 만났을까. 그 물속 봉분에 묻힌 사람들을 만났을까. 저수지에서 익사한 아빠는 만났을까. 보트하우스에서 멀지 않은 곳에 누운 캠벨 아저씨를 만났을까. 그가 바다로 간 건 아니지만 엄마가 그렇게 알고 있으니 이스트모리셔스 바다에서 그를 기다리고 있을까. 그걸 알고 있는 아저씨가 바다로 엄마를 만나러 갈까. 유재는 어디에 있을까. 그녀는 이불을 뒤집어쓰고 잠이 들었다. 밤새 천장에서 길게 내려온 머리맡의 조명등이 비바람에 한 번도 깜박이지 않고 그녀를 지켰다.

태풍은 갔다. 허리케인은 저 위 해안가로 빠져나갔다. 여자는 젖은 나무 덧창을 열어 벽에 고정한다. 2층으로 올라가 베란다로 나간다. 나무 바닥에 아직 물기가 많다. 보트가 있는 곳으로 비가 샌 건 아닌지 모르겠다. 하룻밤 더 있어 볼까 하다가 우선 비바람에 날려 온 것들을 쓴다. 한나절이면 마를 것이니 가구는 오후에 내놓으면 될 거 같다. 마당으로 나간다. 부러진 가지가 있나 하고 숲을 둘러본다. 몇 군데 가는 가지가 꺾였다. 부러진 가지를 모아서 들고나오는데 강 위쪽에서 인

기척이 느껴진다. 얼떨결에 그곳을 쳐다본다. 누군가 숲을 건너온다. 누굴까. 우리 집으로 오는 걸까? 올 사람이 없을 텐데. 여자는 집으로 들어가 먼저 문을 잠근다. 이 집으로 누가 오는 건 처음이다.

여자가 물을 한 잔 다 마시기도 전에 벨이 울린다. 나무문을 열자 유리문에 남자가 서 있다. 산에서 본 옆집 남자다. 두 팔로 노란 레몬이 달린 나무 화분을 들고 서 있다. 문을 열었다. 노란 햇빛이 현관으로 들어왔다. 여자는 노란 레몬나무를 들고 온 남자를 집 안으로 들이지 않고 회랑의 테이블로 안내한다. 남자는 괜찮다며 레몬나무가 무성해서 화분을 하나 더 만든 거니 부담 갖지 말라고 한다. 남자가 넘어온 길을 다시 휘적휘적 걸어간다.

하얀 소매 없는 원피스를 입은 여자가 비둘기색 스웨터를 들고 차고로 나간다. 집을 나서던 그녀는 다시 차를 세운다. 운전석에서 내린 여자는 회랑으로 걸어가 앞에 놓인 마리골드 화분을 집는다. 지난번 모종을 사다 심고 남은 모종 몇 개를 빈 화분에 심어두었다. 옆 차창으로 태풍 후 나타나는 스산한 광경들이 스친다.

묘지는 조용하다. 게이트는 열려 있고 게이트 위로 반원을 그리며 달린 간판엔 공원묘지의 이름이 있다. 마운트 호프…… 여자는 스웨터를 걸치고 차에서 내린다. 캠벨가의 무덤을 찾는 건 시간이 걸린다. 그녀는 마리골드 화분을 들고 천천히 묘지 사이를 걸어간다.

그들의 묘지는 안쪽에 있다. 하나씩 산 게 아니고 한 번에 산 듯 무덤들이 모여 있다. 그의 무덤을 쉽게 찾았다. 검은 대리석 비석에 그의 얼굴이 부조돼 있기 때문이다. 비석도 유행을 타서 시대마다 특징을 보인다. 엄마하고 난 아저씨가 여기 있는 줄도 모르고, 여자는 울컥한다. 오렌지색 꽃이 핀 화분을 비석 앞에 놓는다. 비석을 손으로 쓸었다. 엄마! 여자는 아저씨가 아니라 엄마를 불렀다. 여자는 묘지 주위로 어수선한 것들을 줍는다. 허리케인으로 날아왔을 것이다.

"여긴 캠벨가 묘지인데……"

여자는 몸을 일으켰다. 옆집 남자다. 의아한 얼굴로 서 있다.

"화분째 놓으면 금방 죽어요."

그 말을 남긴 채 그는 차를 주차해놓은 곳으로 간다. 차 트렁크를 열고 모종할 때 쓰는 작은 삽을 가지고 온다. 비석 앞 작은 땅을 파더니 능숙하게 마리골드를 옮겨 심는다.

"땅이 젖어 있을 테니 물은 안 줘도 될 겁니다."

"화분에서는 꽉 차 보이던 꽃이 여기 심고 보니 몇 줄기 안 돼 초라해 보이네요."

"더 가져다 심으면 되지요."

그는 비석 사이를 돈다. 여자도 같이 돈다. 하지만 그는 왜 여기에 왔는지, 왜 그 무덤에 꽃을 가져다 놓았는지 끝내 묻지 않는다.

여자가 자신의 차에 타기 전 그의 운전석 차창을 두드린다. 그가 창을 내린다. 여자는 창을 내린 남자에게 뭐라고 말한다. 여자는 앞서가는 남자의 차를 따라서 보트하우스로 들어간다.

옆집 남자는, 자신을 매슈 캠벨이라고 소개했어. 남자는 강을 바라보는 강가의 데크와 숲 앞 회랑 중에 어디에 앉겠냐고 물었을 때 데크에 앉겠다고 했지. 베란다가 좋긴 한데 베란다로 나가려면 실내로 들어가야 하니 불편했어. 혼자 사니 누구를 집 안으로 들이는 일이 간단하지 않아. 나는 차와 과일을 가지고 나갔어. 우린 차를 마셨어. 그는 내 이름을 물었어. 그가 자신의 이름을 말했는데도 난 내 이름을 말하지 않고 있었던 거야. 왜 그랬을까? 잘 모르겠어. 지금까지 그런 일은 없었는데. 난 최연지라고 내 이름을 소개했어. 알아, 이름을 소개한 다음에는 영문 스펠을 불러줘야 한다는 것을. 그게 참 성가셔. 그러자 그가 물었어. 혹시 가을 학기부터 학교에 새로 부임하는 사람이냐고. 명단에서 이름을 봤다고. 이름이 특별해서 기억에 남는다고. 난 그렇다고 했어. 그가 반갑다며 자신은 분자생물학을 가르친다고 했어. 난 할 수 없이 미술사를 가르친다고 말했지. 그는 캠벨 아저씨와 엄마에 대해선 끝까지 묻지 않았어. 다이안처럼 다 알고 있는 것 같았어. 그는 자신의 아버지가 캠벨 아저씨의 아버지의 막냇동생이라고 말했어. 아직 살아 계신다고. 그러니까 이 남자는 캠벨 아저씨의 사촌이라는 거지. 나는 그가 떠나고 그대로 앉아서 흐르는 강을 보다가 집 안으로 들어왔어. 잠시 기분이 아주 이상해졌어. 캠벨 아저씨의 사촌이라는 옆집 남자 때문일 거야.

여자는 장작 세 묶음을 가져다 놓는다. 장작을 내려놓은 채 창문과 문이 잘 잠겼는지 점검을 한다. 마지막으로 현관문을 확인하다가 아직 그곳에 있는 레몬나무 화분을 발견한다. 그녀는 레몬나무를 식탁 옆 해가 잘 드는 창가에 둔다.

여자는 주방 서랍에 둔 가스라이터를 꺼낸다. 총 모양을 한 라이터는 총신이 시원하게 쭉 뻗은 것이 매력적이다. 라이터의 서늘함은 쇠의 기운 때문이기보다는 몸체보다 훨씬 긴 총신 때문으로 보인다. 장작 여덟 개를 올려놓고 총의 방아쇠처럼 생긴 것에 검지를 걸었다. 긴장했나. 가슴이 잠깐 뛴다. 설마! 손가락을 당겼다. 딸깍 소리가 났다. 심장이 덜컥 내려앉은 것 같다. 불은 바로 불쏘시개를 태우기 시작한다. 곧 장작에 옮겨붙는다. 불길은 점차 맹렬해진다. 일말의 주저도 하지 않고 불은 나무를 태운다. 초기 지구가 다른 행성과 충돌하여 탈 때도 이처럼 주저하지 않고 탔을 것이다. 여자는 타오르는 불을 보고 있다. 불길이 너무 세! 저러다 너무 빨리 소진되는 것은 아닌지. 마지막인 것처럼 타고 있는 불을 보다가 마치 자신이 불 속으로 딸려 들어가는 것 같아 스툴에서 일어난다.

그날 밤 그녀는 처음 물 꿈을 꾼다. 아니 처음은 아니다. 물속에서 물속 무덤을 보고 베틀을 찾아 헤매는 꿈을 꾼 적이 있으니 두번째인가 보다. 그땐 불도 때지 않았는데. 그냥 물속에 무덤이 있다는 물가의 호텔에서 잠을 잤을 뿐인데……

여자는 식당 유리창으로 보이는 높고 하얗고 긴 다리, 밤에는 불빛을 강물에 흘리는 그 다리에서 새처럼 날아오르는 어떤 여자를 본다. 그녀가 서서히 물속으로 가라앉는 것도 보인다. 그녀도 물속으로 들어가 그녀의 얼굴을 가까이 들여다보지만, 누구인지 알 수 없다. 그녀 얼굴은 캠벨 아저씨를 닮았다는 생각이 든다. 그러나 어느 순간 여자 자신의 얼굴 같아 보이기도 한다. 여자는 잠에서 깬다. 여잔 조금 놀랐고 두렵다. 매슈에게 전화하고 싶었지만 한밤중이다. 그저 눈을 감고 어서 잠들기를 기다린다. 얼마나 뒤척였을까. 침실 앞 복도의 천장으로 새벽빛이 들어온다. 조금 열어놓은 방문 앞이 환하다. 여자는 그제야 다시 잠이 든다. 그리고 다시 꿈을 꾼다.

높은 다리 위 가운데쯤에 한 사람이 서 있어. 철제 난간 밖으로 나와 몸을 뒤에 기대고 난간을 붙잡고 서 있어. 발은 간신히 난간을 딛고 섰지만, 발을 움직일 공간이 없어. 저 손을 놓는다면 그녀는 강물로 곤두박질칠 수밖에 없어. 다리의 높이는 얼마나 되려나. 아마 강물로 입수하기 훨씬 전에 정신을 놓을 거야.

갑자기 그 사람이 새처럼 날았어. 그 사람이 날아오를 때 눈을 떴는지는 알 수 없어. 눈을 떴을 것 같긴 해. 용감한 사람이었으니까. 아니 용감한 사람이라고 들었으니까. 이제 더는 날 수 없다는 현실을 자각하고 추락만 남아 있다는 걸 자각할 때 새처럼 날아오른 사람은 눈을 감지 않았을까. 그 사람이 강물로 들어갔을 때도 다리 위엔 차가 많았어. 날은 눈부시게 맑아 강으로 햇살이 화살처럼 꽂혔고 물 위엔 황금 비늘이 반짝였어. 그때까지 난 꿈인 걸 몰라.

떨어진 사람은 정신을 잃은 듯 눈을 감고 있어. 난 사람에 대해서 그다지 호기심이 많은 사람이 아냐. 그런데도 그 사람의 얼굴을 보고 있어. 그녀가 죽기 전에 물 밖으로 끌어내고 싶어. 하지만 난 물리적인 힘을 가지고 있는 것이 아니라 그냥 생각의 덩어리야. 그 사람의 얼굴을 들여다보지만, 그녀는 아직 나를 보지 못했어. 그녀가 떨어진 곳은 다리 정가운데라 강은 깊고 물은 느려도 힘 있게 흘러. 그녀는 물길을 따라서 아래로 떠내려가. 나는 그녀가 왜 날아올랐는지 알고 싶어. 그래서 그녀가 정신을 차려 눈을 떴으면 해. 그녀는 눈을 감은 채 그냥 떠내려가. 모터 소리가 가까이 들려. 사람들의 말소리도 들려. 그녀를 찾으러 온 모양이야. 난 인제 그만 가려고 해. 아직 눈을 감은 여자를 두고 가는 게 썩 내키지 않았지만, 구조 대원들이 왔으니 가도 될 거야. 나는 강물 위로 올라가려고 두 발에 힘을 주면서 위로 솟구치려고 해. 나는 다리를 흔들며 반동 작용을 시도해. 막 올라가려는 순간 다리가 올무에 걸린 것 같아. 아, 뭔가 내 다리를 잡았어. 힘이 세. 올라갈 수가 없어. 돌아보니 그녀야. 그녀가 내 다리를 잡고 있어. 죽은 듯이 눈을 감고 있던 그녀가 눈을 부릅떴어. 아, 푸른 눈이야. 그 묘한 현관문 색깔이야!

시간은 존재하는가

"시간이란 존재합니까."
왕이 물었다.
"존재하는 시간도 있고 존재하지 않는 시간도 있습니다."
고승이 답했다.
"어떤 시간은 존재하고 어떤 시간은 존재하지 않습니까."
왕이 물었다.

—『밀린다왕문경』에서*

어떤 시간은 존재하고 어떤 시간은 존재하지 않을까! 기원전 2세기 서북인도, 인도의 고승과 그리스 왕은 시간의 존재에 대해 문답을 나눴다. 고승은 시간의 존재는 진리를 모르는

* 『미린다 팡하』(서경수 옮김, 동국대역경원, 1992)의 내용을 재구성·인용하였다.

무명(無明)에 근거하며 해탈하거나 지나간 것, 또 사라진 것과 끝난 것은 시간이 없다고 깊은 사유와 철학을 사랑하는 왕에게 답했다.

나는 기어코 시간이 존재하지 않는 지나간 것들을 불러낸다. 그때 우리는 자주 산으로 갔다. 바다 같은 호수에서 배를 탔고 강에 걸린 다리를 건넜으며 큰 호수 둘레를 따라 걸었다. 그날은 산 정상으로 올랐던 길의 반대편 계곡을 따라 산에서 내려왔다. 어둠이 몰려와 하산을 서둘러야 했다. 물가에 늘어선 이름을 알 수 없는 나무에 하얀 꽃들이 둥둥 떠 있었다. 빛이 완전히 사라지기 직전, 크고 하얀 꽃송이가 물에 떨어져 흘러갔다. 물은 검었고 하얀 꽃송이는 마치 주문을 거는 것 같았다. 우리가 산 아래 주차장에 닿기 전 등 뒤의 어둠이 어깨를 넘어왔다. 뒤를 돌아보자 그냥 암흑이었다. 산의 어둠이 너무 거대해 순간 몸이 떨렸다. 급히 몸을 돌려 주차장을 향해서 걸었다. 오래전 일이었기 때문일까. 그동안 이런 시간이 있었다는 것을 잊고 있었다. 그리고 그때 산으로 숲으로 물로 돌아다녔던 것이 글 속에 녹아 있다는 것도 이제야 알았다. '소설 짓기'란 시간이 존재하지 않는 것을 불러내서 시간을 존재하게 하는 작업이 아닐까 생각해본다.

부족한 글을 당선작으로 뽑고 좋은 평을 주신 여러 심사위원의 숨은 뜻은 '응원'일 것이다. 글 쓸 때마다 마음에 새기겠다. 서울과 이곳의 가족, 특히 아이들에게 뜨거운 마음을 전하며 진심으로 축하해준 친구와 아흐메드A. Ahmed 학과장님께도 기쁨을 전한다. 목포시청과 시장님, 목포문학관 운영위원회와 학예연구사, 문학과지성사의 한국문학 편집부 여러분께 진심으로 깊은 감사를 드린다.

2021년 10월

존재하는 시간 속에서

이숙종

* 2021 목포문학박람회 목포문학상 장편소설 부문의 심사 경위와 심사평은 『문학과사회』 2021년 겨울호에서 전문을 확인하실 수 있습니다.